DE CADA QUINHENTOS UMA ALMA

ANA PAULA MAIA

De cada quinhentos uma alma

COMPANHIA DAS LETRAS

Copyright © 2021 by Ana Paula Maia

Grafia atualizada segundo o Acordo Ortográfico da Língua Portuguesa de 1990, que entrou em vigor no Brasil em 2009.

Capa
Guilherme Xavier

Imagem de capa
Shutterstock

Preparação
Ana Cecília Agua de Melo

Revisão
Erika Nogueira Vieira
Marise Leal

Os personagens e as situações desta obra são reais apenas no universo da ficção; não se referem a pessoas e fatos concretos, e não emitem opinião sobre eles.

Dados Internacionais de Catalogação na Publicação (CIP)
(Câmara Brasileira do Livro, SP, Brasil)

Maia, Ana Paula
    De cada quinhentos uma alma / Ana Paula Maia —
1ª ed. — São Paulo : Companhia das Letras, 2021.

ISBN 978-85-359-2709-2

    1. Ficção brasileira I. Título.

21-68640   CDD-B869.3

Índice para catálogo sistemático:
1. Ficção : Literatura brasileira   B869.3

Aline Graziele Benitez – Bibliotecária – CRB-1/3129

[2021]
Todos os direitos desta edição reservados à
EDITORA SCHWARCZ S.A.
Rua Bandeira Paulista, 702, cj. 32
04532-002 — São Paulo — SP
Telefone: (11) 3707-3500
www.companhiadasletras.com.br
www.blogdacompanhia.com.br
facebook.com/companhiadasletras
instagram.com/companhiadasletras
twitter.com/cialetras

Arrependei-vos, pecadores! A morte é chegada.
É tempo de matar, é tempo de morrer.

1

O fim do mundo está do outro lado da porta, mas isso ele ainda não sabe. Com as costas, Bronco Gil empurra as portas venezianas enquanto segura uma pilha de pratos e coloca-a sobre o balcão do restaurante. Seca as mãos no avental e sai para fumar um cigarro de palha antes que o expediente do almoço comece. Faz um dia parcialmente nublado porque ao longe é possível ver os raios de sol. O que bloqueia o céu sobre sua cabeça ainda não afeta o horizonte a quilômetros de distância, porém é visível a tempestade que se aproxima.

Um homem caminha até ele.

— Me mandaram falar com você.

— Sobre o quê?

— Uma encomenda.

— Pra quem?

— Pra um sujeito disposto a pagar bem.

— Ele já sabe como eu trabalho?

— Sabe sim... Andaram roubando dele.

Os primeiros clientes começam a chegar e a poeira debaixo dos pneus dos carros forma uma nuvem irrespirável. Bronco Gil pretende deixar esse emprego até o fim do dia. Faz alguns cálculos de cabeça e assegura-se de que economizou o suficiente para os próximos três meses. A dona do restaurante, uma mulher corpulenta, que gosta de usar salto alto e calças de lycra, olha para ele pela janela do restaurante.

Ansioso, o homem espera por uma resposta.

— Eu aceito.

— Me encontra mais tarde nesse endereço. Te passo as coordenadas.

Bronco Gil guarda no bolso da calça o pedaço de papel com o endereço. Sabe que é hora de entrar no restaurante e encerrar o expediente. Assim o faz. Quatro horas depois, coloca o avental sobre o balcão, ajusta a camisa para dentro das calças e pede demissão.

— Certeza mesmo?

— Já fiquei tempo demais.

— Não pode esperar até amanhã? Preciso arranjar um substituto.

— Não tenho até amanhã.

Ela arqueia as sobrancelhas, mas sem duvidar. Entra na cozinha e vai até seu pequeno escritório. Retorna com um envelope amarelo e o põe sobre o balcão.

— Acho que está tudo aí.

Ele confere o dinheiro no envelope e percebe que há um pouco mais do que deveria. Antes que possa dizer qualquer coisa, ela bate com as unhas grandes e decoradas sobre o balcão e diz:

— Você fez por merecer.

Dá uma piscadela para ele, que apenas acena cordialmente com a cabeça, coloca seu chapéu estilo panamá e sai.

Dá a partida na sua caminhonete e arranca dali o mais depressa possível. Verifica o mapa rodoviário no porta-luvas e segue para o oeste. Não pretende mudar a rota, seguirá para o oeste sempre que for preciso, baseado numa intuição. Mover-se nessa direção lhe dá um senso de continuidade. Freia ao ver cruzar a estrada um rebanho de ovelhas guiado por um pastor. É comum vê-las pela região, atravessando as estradas, pastando em toda parte. Permanece olhando os animais que, assim como ele, marcham obedientes, seguindo um fluxo contínuo. Irracional. Intuitivo. Antes do cair da noite, estaciona num bar de beira de estrada. Tentaram conferir algum refinamento ao local, mas não passa de um puteiro miserento. Ao entrar, sente o cheiro de suor, batata frita e perfume vagabundo, a nuvem de nicotina por todo o ambiente. A música não é lá essas coisas e a iluminação é pouca, mas há algo que torna o local incomparável. Senta-se no balcão e pede uma vodca. Acende seu charuto e isso o conforta. Não imagina que ainda seja permitido fumar em ambientes fechados, mas, numa beira de estrada como essa, qualquer coisa é permitida.

O mesmo homem que o procurou mais cedo senta-se a seu lado no balcão. Faz sinal para o garçom e pede uma cerveja.

— Fico feliz que tenha vindo — diz o homem. — Confesso que achei que não vinha.

— Pra quando é a encomenda?

— O quanto antes. Olha, não se preocupe. Você está fazendo um favor à sociedade.

O homem dá um gole na sua cerveja gelada.

— Adoro esse lugar. É coisa fina. Boa música, boa comida, mulher à vontade. Posso te apresentar uma das meninas.

— Eu preciso ir para o oeste.

— O quê? — O homem franze o cenho e se inclina para tentar ouvir quando uma banda começa a tocar em volume alto.

— Eu preciso ir para o oeste.

— O que tem lá?

— Preciso ir até amanhã.

— Você quer fazer o serviço hoje? — estranha o homem.

— Se não houver problema...

Bronco Gil toma o resto de vodca em seu copo, retira o dinheiro da carteira e deixa sobre o balcão. Pega seu chapéu e caminha em direção à porta. O homem bebe rapidamente a cerveja que resta no fundo do caneco e faz sinal para o garçom colocar na sua conta.

— Se você quer fazer isso agora, por mim tudo bem — diz o homem agitado enquanto caminha até o carro e pega um envelope grande.

— Aqui tem o endereço e a foto dela. A filha da puta é conhecida como Berta, tem o cabelo vermelho e uma aranha tatuada no pescoço. Trabalha até tarde num posto de gasolina. Se correr, ainda pega ela lá. Ah, e a entrega é diretamente pro mandante. Toma aqui o endereço dele.

O homem escreve o endereço no envelope.

Sem dizer nada, Bronco Gil sobe na caminhonete e arranca dali com os faróis baixos e o rádio ligado. Muitas horas depois, o dia já está perto de amanhecer. Bronco Gil caminha desgastado, arrastando as botas de couro no asfalto rachado e empoeirado. Deixou para trás toda esperança. Cobre com uma lona a caçamba da caminhonete para esconder o que carrega. Dirige por duas horas até o local da entrega.

Ao atravessar o portão do sítio, os vira-latas começam a latir para a caminhonete. Os primeiros raios do dia invadem o veículo, onde Bronco Gil chacoalha esgotado depois da longa noite que passou em claro caçando a encomenda.

Na varanda da casa, o homem, sentado numa cadeira de balanço, limpa cuidadosamente uma espingarda desmontada cujas peças estão espalhadas sobre o chão. Bronco estaciona a caminhonete a alguns metros da varanda. No espelho retrovisor se recompõe ao passar um pente nos cabelos e limpar o canto do olho esquerdo com um lenço de papel. Sai do carro e enfia a camisa para dentro das calças. É escoltado até a varanda pelos vira-latas que o rodeiam, permanecendo no seu encalço.

— Como foi?

— Tive mais trabalho do que imaginei.

— Quer uma bebida?

— Aceito.

O homem se levanta e vai para dentro da casa. Retorna com duas latas de cerveja.

— Senta aí. — Entrega a cerveja.

— Obrigado. — Bronco Gil senta-se.

O estalo da lata de cerveja ao ser aberta faz os vira-latas irem em direção ao dono. Ele vira um pouco da bebida na boca dos cães.

— Por acaso tem um pouco de gasolina aí?

— Tem sim. Tá lá no galpão.

— Vou precisar.

— Pegue o quanto quiser.

— Preciso de uma caminhonete nova. Tô de olho numa daquelas 4×4.

— São boas mesmo. Potentes.

Ao lado da varanda, os vira-latas começam a brigar entre si. O homem grita com eles até se aquietarem.

— Estão muito agitados hoje. Voltei pra casa pouco

antes de amanhecer com uma onça. Tava matando galinha, porco, bezerrinho, até um cavalo ela atacou. Mas a bichona é bonita. Matei com um tiro só. Quer ver?

— Claro.

Os dois seguem até a lateral da varanda e se apoiam na mureta. Uma onça estirada sobre uma lona no chão é velada por outros vira-latas.

— Olha aqui, ó: tiro limpinho. Vou empalhar essa.

— Que disgrama bonita.

— É sim. Coisa bonita assim a gente precisa conservar pra mostrar pra todo mundo. Um pecado deixar pros vermes. Então, o que você tem pra mim?

— O que o senhor me encomendou.

Caminham até a caçamba da caminhonete. O homem dá um longo assobio de espanto e sorri.

— Deixa eu te ajudar a tirar daí.

— Vai empalhar também?

— Essa não vale a pena. É minha funcionária e andou me roubando muito dinheiro.

— Ela deu trabalho. Vai fazer o que com o corpo?

— Conheço um pessoal que paga bem por um cadáver fresco.

Jogam o corpo da mulher ao lado do corpo da onça e os vira-latas mantêm a guarda.

— Enquanto estrebuchava, disse que tava arrependida — fala observando os corpos no chão. — Quase deixei ela ir porque parecia ser sincero, mas eu tinha dado minha palavra pro senhor. E a minha palavra vale mais.

O vento da última hora espalha as nuvens cinzentas e carregadas impedindo os raios de sol de atingir o solo. Chacoalha com força os galhos das árvores. O temporal se aproxima. Bronco entra na caminhonete, refaz o percurso e deixa para trás uma nuvem de poeira nos rastros dos pneus que logo serão apagados pela chuva.

Troca de estação de rádio e tudo o que consegue sintonizar é uma estação evangélica em que alertam para o fim do mundo. O arrebatamento está prestes a começar, diz o locutor, fundamentado em cálculos de um pastor norte-americano que há décadas estuda o assunto. Resumidamente: os bons seriam levados para o céu, os maus seriam deixados aqui na terra. "O fim está próximo", repete o locutor num tom de alerta carregado de acusação e temor. E continua: "Prepara-te, pois a vinda do Filho do Homem é chegada. A hora é chegada. Arrependei-vos, pecadores! A morte é chegada. É tempo de matar, é tempo de morrer."

Bronco Gil acende seu charuto e apoia o braço na janela enquanto dirige. Ele não merece o céu. Continua seguindo para o oeste, como manda sua intuição. Se o fim do mundo havia chegado, ele permaneceria aqui embaixo com o resto de nós. Se o tempo de matar e de morrer é chegado, ele está preparado para ambos.

Semanas depois de dirigir por várias partes, sem se prender a lugar nenhum, dormindo na caçamba de sua caminhonete e cozinhando em um pequeno fogareiro que costuma levar consigo, Bronco Gil decide pegar a estrada e dirigir por mais um dia em direção ao oeste. Depois de deixar o emprego no Matadouro Touro do Milo, em que era responsável pelo gerenciamento do local, Bronco seguiu de trabalho em trabalho sem parar muito tempo em nenhum deles. Depois de tudo o que presenciou no Matadouro ao lado de outros homens, incluindo Edgar Wilson, Bronco Gil sempre suspeitou que acontecimentos estranhos estavam ocorrendo em mais lugares. Que todo o ocorrido na região do Vale dos Ruminantes fora tão somente um sinal do início das transformações, daquilo que sempre temíamos e que ouvíamos ser proferido em tantas doutrinas religiosas. O mundo, por fim, se esgotaria.

Bronco Gil toma um banho em um posto de gasolina. Paga pouco pela possibilidade de se manter limpo. Toma um café fresco com pão recém-saído do forno no balcão do pequeno restaurante ao lado do banheiro. Enrola um cigarro de palha e acende-o enquanto vai até sua caminhonete. Depois de dirigir por mais de duas horas e ter se deparado com poucos veículos na estrada, Bronco Gil freia ao avistar dois carros colidindo frontalmente. Desce da caminhonete e corre apressado em direção ao acidente. Procura pelos passageiros e motoristas de ambos os carros, mas não há ninguém. Atordoado no meio da estrada, Bronco Gil tenta compreender o que tem diante de si. Dois carros que vinham em direções opostas bateram de frente um com o outro, mas não há ninguém. Ele olha para o céu e para as extremidades da estrada. Assustado, retorna à caminhonete e continua seguindo para o oeste. Pelo espelho retrovisor percebe as nuvens carregadas que vão se formando. Diante de seus olhos, ainda há uma luz brilhando, refletindo o sol; e o horizonte avermelhado é como o corte de uma ferida recente.

Bronco Gil diminui a velocidade quando percebe algumas ovelhas caídas na estrada. Olha ao redor e são muitas espalhadas por toda parte. À frente, um cone com uma fita de isolamento delimita a passagem dos veículos somente por um lado da pista e um rapaz sinaliza para os que vêm de um lado e de outro passarem conforme o fluxo, evitando assim qualquer acidente. Bronco Gil decide parar no acostamento e caminhar entre as ovelhas mortas. Agacha-se e toca em uma delas.

À distância, Tomás sinaliza para que Bronco Gil se afaste.

— O senhor deve se afastar. Ainda não sabemos o que aconteceu aqui.

Bronco Gil permanece agachado e parece não dar ouvidos ao que Tomás acaba de dizer. Ele toca em outra ovelha morta, como se procurasse algum sinal, algum vestígio do que ocorreu a elas.

— O que aconteceu aqui? — questiona Bronco Gil.

— O senhor tem que sair daqui. Agora.

Bronco Gil finalmente olha para Tomás e se coloca de pé. Tomás se impressiona com o tamanho de Bronco e percebe seu olho de vidro, estático, ameaçador. Bronco Gil ergue o olho acima dos ombros de Tomás e suaviza o semblante ao ver Edgar Wilson, que caminha em sua direção.

— Tudo bem, Tomás. Esse é o Bronco Gil. Meu amigo.

Edgar Wilson e Bronco Gil se reencontram pela primeira vez desde que Edgar deixou de trabalhar no Matadouro Touro do Milo. Dão um abraço apertado.

— Eu já deveria imaginar, Edgar Wilson. Onde há um problema desse tamanho, você tem que estar metido nele.

Edgar faz as apresentações entre Tomás e Bronco e ambos, num aperto de mãos, trocam um olhar de cumplicidade em relação ao que está ocorrendo.

— Tomás é padre.

— Ex-padre...

— Mesmo assim, é um homem de fé e que conhece bem essas coisas bíblicas — insiste Edgar Wilson.

— Bem, o que vocês acham que aconteceu aqui?

— Uma descarga elétrica — responde Edgar.

Bronco Gil dá alguns passos, afastando-se sutilmente

dos dois. Ele coloca as mãos na cintura e diz, depois de tomar fôlego e pensar por uns instantes:

— Esses malditos religiosos estavam certos todo esse tempo. — Bronco Gil pigarreia e cospe no chão, antes de concluir: — É o início do fim.

2

Desde que a epidemia se instalou, as estradas estão desertas, assim como ruas, praças e parques. As fronteiras, fechadas, e o abastecimento, comprometido. A escassez começa a dar passagem ao desespero. Nas últimas três semanas, raramente um automóvel é visto circulando por essas bandas. Com a epidemia, veio o isolamento. Com o isolamento, o silêncio. As explosões nas pedreiras cessaram e nem o cricrilar de um grilo ou o mugido de uma vaca pode ser escutado. Quem não suporta a si mesmo entenderá que o inferno não são os outros nem está nas profundezas dos abismos.

Edgar Wilson acende o terceiro cigarro do dia, o último da carteira que carrega no bolso da camisa. Despeja um pouco de café na caneca e bebe, mas antes esfrega as mãos na tentativa de se aquecer. A temperatura caiu na última semana, antecipando um inverno rigoroso e desafiador. Ele termina de beber o café e encosta a caneca na ponta do nariz gelado. Antes de dar a partida na caminhonete e sair,

Edgar Wilson desce, veste um gorro de lã e caminha até o meio da estrada. Olha de um lado a outro e tudo o que consegue enxergar na linha do horizonte é a tempestade que avança em sua direção. As folhas das árvores balançam com o vento que precede a chuva; um pedaço de papel voa desgovernado e só para quando Edgar o segura. É um panfleto de um culto religioso. Nele, sobre o desenho de uma cruz, está escrito: "haverá grandes terremotos, epidemias e fome em vários lugares, coisas espantosas e também grandes sinais do céu". Evangelho de Lucas, capítulo vinte e um.

Segurando o panfleto, Edgar Wilson olha para o céu. Há muitas maneiras de emitir um sinal e há três semanas uma descarga elétrica provocada por raios dizimou dezenas de ovelhas de um rebanho e seu pastor. O triturador de animais ainda não deu conta de todas, enquanto outra parte foi eliminada no forno crematório que improvisaram no depósito para onde levam os animais mortos.

Edgar solta o panfleto e este é levado pelo vento da tempestade que ainda não chegou, e assim, voando, revela os caminhos invisíveis que o vento traça.

Tem a impressão de ver algo se mexendo no asfalto a alguns metros de distância. Retorna à caminhonete, estica o braço e alcança o binóculo. Observa o que se move, veste as luvas de borracha e apanha a pá na caçamba. Pressionando o cigarro com os lábios, Edgar Wilson caminha sem pressa contra o vento até um animal agonizante que se arrasta contra o asfalto. Faz mais de uma semana que não vê nenhum animal em parte alguma. Com o peso de uma das botas, Edgar Wilson esmaga a cabeça do animal agonizante e assim faz cessar toda dor e toda lágrima. Apanha-o com a pá e o joga na caçamba. Retira as luvas de borracha e joga-as no chão da caminhonete antes de dar a partida e pegar a estrada.

Um ruído no rádio comunicador preenche o interior da caminhonete. Edgar Wilson espera que o rádio sintonize e que a chamada se estabeleça. O rádio comunicador silencia. Edgar manobra e entra no estacionamento de uma loja de conveniência em um posto de gasolina à beira da estrada. O cachorro grande e pesado que costumava dormir diante da porta da loja já não está mais lá e a porta, sempre aberta, agora permanece trancada. É preciso se inclinar numa janelinha com grade e tocar uma campainha. Ouve os passos dos chinelos sendo arrastados lentamente contra o chão. O homem magro e de cabelos lisos e ralos atende Edgar Wilson por trás da grade.

— Gasolina?

— Cigarro.

O homem desinfeta a campainha com um pedaço de pano embebido em álcool enquanto espera Edgar Wilson escolher a marca do cigarro. Vira-se para pegar a marca indicada por Edgar, que coloca sobre a beirada da janelinha o valor exato.

— Se quiser gasolina, ainda tenho um pouco na bomba. Talvez seja melhor aproveitar — insiste o homem.

Edgar Wilson acena positivamente com a cabeça para alegria do homem franzino, que abre a porta e sai em direção à bomba de gasolina seguido por Edgar, que entra na caminhonete e manobra-a até a bomba. Edgar Wilson desce do veículo e o homem começa a completar o tanque.

— Sente falta do cachorro? — pergunta Edgar.

— Ah, todos os dias. Ainda escuto ele latir mesmo não estando mais aqui.

— Semanas atrás passei aqui e me lembro do senhor dizer que por mais que reze não há ninguém escutando.

Edgar Wilson abre a carteira de cigarros, leva um à boca e diz enquanto o acende:

— O senhor tinha razão. Nem Deus nem o diabo estão mais por aqui.

O homem franzino injeta o combustível no veículo sem mostrar pressa para terminar e a presença de Edgar serve como companhia temporária para alguns minutos de conversa.

— Encontrei meu cão dando os últimos suspiros bem ali na porta, onde ele costumava ficar. Era como se ele estivesse sendo estrangulado. Eu segurei o bicho e olhei bem firme nos olhos dele e disse que era pra ele respirar com força. Mas antes de terminar de dizer isso já tava morto nos meus braços. Fiquei um bom tempo segurando ele morto. Me despedi devagarinho. Depois enterrei lá nos fundos.

— Por que o senhor não está isolado dentro de casa?

— Preciso trabalhar. Ainda aparece um ou outro cliente.

Silêncio.

— Recebi uma mensagem que se a gente for pego andando por aí vai ser levado à força pra um campo e lá eles colocam a gente num cubículo, uma solitária... — O homem franzino pensa por alguns segundos enquanto elabora algumas conjeturas das quais ele não compartilha. Observa Edgar Wilson de cima a baixo e pergunta:

— O senhor pode ficar andando por aí?

— Eu trabalho recolhendo os animais mortos. Tenho autorização.

— Mas não tem mais nenhum animal pra recolher. Pelo menos não que eu tenha visto.

— Mesmo assim ainda temos muito trabalho lá no depósito.

— Pensando bem, somos todos animais, não é mesmo? Se for assim, ainda vai ter muito trabalho para o senhor.

Edgar Wilson prefere ficar em silêncio, mas assimila em trevas o raciocínio do homenzinho.

— Mas você pode se infectar também — continua o homem franzino.

— Talvez eu morra, talvez eu sobreviva — Edgar Wilson respira com força o ar frio e solta-o juntamente com a fumaça do cigarro. — Alguém precisa fazer o trabalho sujo dos outros.

O homem franzino remói por alguns instantes a conclusão de Edgar Wilson e por seu olhar marejado é possível perceber que se sente profundamente tocado com a capacidade de Edgar Wilson de seguir em frente, contornando as estradas sinuosas e driblando a morte, que pode alcançá-lo de todas as direções.

— Verdade que estão recrutando pessoas que estejam dispostas a morrer? — quer saber o homenzinho.

— Ouvi falar.

O homem franzino termina de completar o tanque e Edgar Wilson dá mais alguns tragos no cigarro antes de apagar o pouco que resta.

— Vem pelo ar também, não é mesmo?

— Ainda é cedo pra saber o que é isso.

Edgar Wilson observa o cata-vento branco e amarelo girar com força movido pelo ar que traz a tempestade. Coloca o dinheiro do combustível sobre uma pequena bancada e o homem faz o troco e o coloca sobre a mesma bancada. Edgar Wilson guarda o dinheiro e cumprimenta o homem com um aceno de cabeça antes de subir na caminhonete. Novamente encolhido atrás do volante, Edgar tenta se aquecer com mais um gole de café quente que ele despeja na caneca.

Depois de beber o suficiente, dá a partida e pega a estrada. Dirige por alguns quilômetros sinuosos, desviando das depressões e margeando o rio que corta a região. Não há muito o que fazer, a não ser dirigir procurando animais mortos que deixaram de existir nas últimas semanas. O mundo ficou silencioso. Os espaços ficaram vazios. As dimensões, mais amplas. Edgar Wilson para a caminhonete quando percebe que está à beira de um precipício estreitado por rochas. Sobre o imenso vão, a ponte inacabada suspensa. É o mesmo local onde esteve semanas antes. Do outro lado, não há nada. Tudo parece estar como encontrou da primeira vez, a não ser pelo homem sentado sobre uma rocha escondido pela sombra alongada da montanha. Edgar Wilson hesita em ir até o homem, mas sente-se impulsionado quando este olha para ele e acena sutilmente com a cabeça.

Com um cigarro aceso no canto da boca, Edgar Wilson aproxima-se em passadas comedidas e com as mãos expostas. Não quer parecer uma ameaça. O homem mantém seus olhos sobre a ponte de seis metros, cujo percurso leva direto ao abismo, já que não foi concluída até o outro lado, que por sua vez não tem nada.

— Nunca entendi o que pretendiam com essa construção — diz Edgar observando a ponte enferrujada.

O homem continua em silêncio. Em princípio parece não querer ser incomodado, mas por fim ele responde.

— Queriam chegar ao outro lado.

Edgar Wilson traga seu cigarro em silêncio, esforçando--se em enxergar o que está adiante.

— O que tem do outro lado?

— Nunca soubemos.

— Por que pararam a obra?

— Todos morreram. Só sobrou eu.

Edgar Wilson olha para o homem que não desvia os olhos da ponte. Observa-o por uns instantes, até que o homem volta a falar.

— Iam usar dinamite pra abrir uma passagem naquela rocha.

— Por que todos os outros morreram? — quer saber Edgar.

— Porque esse lugar está condenado.

O homem desvia o olhar da ponte e inclina o corpo para mirar o abismo a seus pés.

— Existe alguma coisa lá embaixo — conclui o homem que finalmente olha para Edgar Wilson e o investiga de cima a baixo. — Você tem um cigarro?

Edgar Wilson prontamente puxa a carteira de cigarros do bolso e oferece ao homem, que pega um cigarro e acende-o imediatamente com seus próprios fósforos que retira do bolso da calça.

— Não pense que sou um doido, porque não sou — afirma o homem.

Edgar Wilson dá um passo para a frente até o bico de sua bota tocar na beira do abismo. Ele olha para baixo e o afunilamento de rochas não permite calcular a profundidade, mas é um assombro que causa uma pequena vertigem obrigando-o a dar um passo para trás.

— Nós trabalhávamos o dia todo e dormíamos aqui mesmo... logo ali... num alojamento improvisado. A maioria dos homens nem era dessa região, estavam a muitos quilômetros das suas casas.

O homem fuma por alguns instantes e observa o céu.

— Sempre gostei de trabalhar a céu aberto — sorri o

homem, que retrai o semblante em seguida e continua seu relato. — Nos primeiros meses correu tudo bem. Não era a primeira vez que eu trabalhava na construção de uma ponte. Mas, depois, as coisas começaram a ficar estranhas.

Edgar Wilson puxa um toco de árvore e se senta. Acomoda-se a uns poucos metros do homem e acende outro cigarro.

— Estranhas como?

— Todos os dias pela manhã apareciam aves mortas caídas por toda parte. Mas elas não tinham nenhum ferimento. Não havia tido temporal ou coisa do tipo que pudesse ter provocado aquilo. Elas simplesmente caíam do céu. Mortas. Dias depois, um soldador ficou doente. Ele tinha muita febre. Ficou assim uns dois dias até que sumiu. Todo mundo achou que ele tivesse melhorado e decidido ir embora, mas as coisas dele ainda estavam no alojamento. Foi o mestre de obras que avistou o corpo dele preso num platô ao longo do precipício. Não sabemos se ele escorregou e caiu ou se jogou. Tentamos içar o corpo, mas ele se soltou e caiu. Foi parar nas profundezas. Uma noite, eu estava sem sono e saí do alojamento pra fumar um cigarro. Eu me sentei exatamente aqui, nesta pedra. Bem ali. — O homem indica o local com um aceno dos olhos. — Eu vi o mestre de obras se jogar no abismo. Não tive nem chance de gritar. Eu fiquei paralisado. Não sabia o que fazer, fiquei em choque. O dia já estava perto de amanhecer quando avisei ao encarregado geral. Não conseguimos avistar o corpo dele. Foi parar direto lá embaixo.

O homem apaga o que restou do cigarro embaixo da sola do sapato. Se levanta e dá dois passos para a frente, em direção à ponte inacabada.

— Foi quando vocês pararam de construir a ponte? — pergunta Edgar Wilson.

O homem consternado, olhando ao longe, move a cabeça em negação.

— Deveríamos, mas não foi o que aconteceu. Continuamos com a construção e, dias depois, mais dois homens caíram lá embaixo quando a corda de segurança arrebentou. Eram dois irmãos. Morreram juntos.

O homem dá mais um passo comedido para a frente, estica o pescoço e olha lá para baixo. Ele recua, vira-se para Edgar Wilson e continua:

— Mesmo assim, a construção não parou. O dono da empresa responsável pela construção da ponte veio inspecionar o local. Ele disse que tudo não passava de uma fatalidade devido aos riscos que uma obra como aquela envolvia. Mandou a gente continuar.

O homem volta a se sentar, puxa a gola do casaco na tentativa de aquecer as orelhas e esfrega as mãos contra os braços.

— Quando foi que pararam? — questiona Edgar Wilson.

— Quando todos morreram, como eu já te disse.

Eles permanecem em silêncio, cada um mergulhado em questionamentos e divagações profundas demais para serem compartilhadas.

— O que tem lá embaixo? — pergunta Edgar Wilson enquanto estica os olhos sobre o precipício.

— O diabo — responde o homem. — Você acredita no diabo?

Edgar Wilson pensa por uns instantes. Apesar de saber a resposta, não é uma pergunta corriqueira.

— Acredito — responde, lacônico.

— Eu chamo de diabo, mas não sei se é. Mas sei que

algo maligno vive nesse abismo... escondido nessa escuridão. Eu sonho todas as noites com esse lugar. Escuto ele me chamar.

Edgar Wilson percebe que o homem contrai as mãos e respira ofegante.

— Por que você está aqui? — quer saber Edgar Wilson, levemente preocupado com o homem.

— Porque eu nunca deveria ter saído daqui.

O homem olha para Edgar Wilson com certo lamento nos olhos, mas existe também uma escuridão que margeia sua alma. O homem se levanta. Edgar Wilson se levanta em seguida, mas com cuidado. O homem sobe na ponte inacabada e caminha sobre ela.

— É melhor voltar! — diz Edgar Wilson num tom elevado de voz que chega a ecoar contra as montanhas.

O homem permanece com as pontas dos pés tocando o limite da ponte. Ele olha para baixo e para a frente, para o outro lado que ele mesmo nunca soube aonde os levaria. Pula da ponte direto para o abismo num gesto abrupto. Edgar Wilson mantém os olhos sobre a montanha adiante, decide não baixar os olhos e ver a exposição da morte.

Depois de um tempo, ele respira fundo e dá meia-volta para ir embora, mas muda de ideia e sobe na ponte, refaz os passos da morte. Lá embaixo, nenhum traço do homem. Nenhum vestígio de sua existência. Edgar Wilson retorna para sua caminhonete com passos exaustos e com pesar no coração. Não sabia o nome do homem e repreende a si mesmo por não tê-lo impedido de seguir adiante. Edgar Wilson está sempre a um passo atrás da morte, como se ela não pudesse alcançá-lo, mas dessa vez ele chegou antes e ainda assim não pôde evitá-la. Mesmo vivo, sente-se tocado pela morte todos os dias.

O rádio comunicador novamente começa a ecoar alguns ruídos e por fim a transmissão é realizada.

— Edgar? Você tá aí?

A voz de Tomás soa estridente do outro lado do rádio comunicador. Edgar se assusta e atende.

— Onde mais eu estaria?

— Então vem pra cá o mais rápido possível.

— O que é tão urgente?

— Você precisa ver com os próprios olhos.

Edgar Wilson dá a partida na caminhonete e com o cigarro na ponta dos lábios arranca dali e segue pela estrada. Na lateral da caminhonete está escrito o nome do órgão em que Edgar trabalha como removedor de animais mortos em estradas. O trabalho na região se intensificou e tanto Edgar quanto Tomás precisaram dar conta de recolher toda espécie de animal num raio que cresceu exponencialmente. Com exceção do animal que encontrou uma hora atrás, faz uma semana que nenhum bicho é visto. Seu trabalho, agora, consiste em observar.

Edgar estaciona sua caminhonete no pátio do depósito para onde os animais mortos são levados e triturados. Desce e caminha sem pressa até o galpão onde fica o imenso moedor que trabalha para triturar todos os restos mortos de centenas de cadáveres de animais que se encontram num galpão anexo. Ainda é possível ver que o sangue do animal agonizante está fresco na sola de sua bota quando deixa pegadas parciais durante o percurso.

Tomás está debruçado sobre a caçamba do moedor e acena para Edgar se aproximar quando o vê entrar. Edgar sobe a escadinha de alumínio que dá acesso à caçamba e olha em seu interior.

— Tá vendo ali? — diz Tomás.

Edgar Wilson franze o cenho pois não sabe exatamente para onde olhar devido ao emaranhado de restos mortais no interior da caçamba. Tomás percebe que Edgar não vê o que ele vê.

— Não me diga que não tá vendo aquilo ali, Edgar?

Ele se esforça mirando o interior da caçamba e recua a cabeça num ríspido movimento indicando que sim, ele viu o que Tomás insistentemente tenta mostrar.

— O que vamos fazer? — questiona Tomás.

— Me passa aquela vassoura ali — diz Edgar Wilson.

Tomás desce da escadinha e pega a vassoura indicada por Edgar, que por sua vez cutuca o interior do triturador afastando alguns dejetos para um lado e para outro. De repente, Edgar Wilson para e permanece encarando o interior da caçamba. Tomás, que já se afastou alguns metros do triturador, quer saber o que está acontecendo.

— Você não olhou direito — diz Edgar.

Tomás questiona com os olhos e imagina que o horror pode ser ainda maior.

— Pelo amor de Deus, Edgar Wilson, me diz logo o que tem aí.

— São dois.

Tomás é tomado de espanto. Sobe novamente a escadinha da caçamba e se debruça para olhar.

— São dois — murmura Tomás.

— Vai ver se esconderam aqui enquanto brincavam.

— Mas como eles entraram aqui? Praticamente todo mundo está no isolamento domiciliar.

— Podem ter fugido de casa pra brincar. Eles vinham aqui às vezes, antes da epidemia. Quem estava operando a máquina?

— O Estêvão.

— Onde ele tá?

— No refeitório. Tô cobrindo ele no horário de almoço.

— Um de nós dois precisa contar pra ele. O padre aqui é você.

— Como vou contar isso pra ele, Edgar?

Tomás olha novamente para o interior da caçamba e se resguarda em silêncio.

— Notou alguma coisa diferente no Estêvão? — pergunta Edgar.

— Acho que não, mas nos últimos dias tudo está diferente.

— Hoje encontrei um bicho agonizante.

— Onde?

— Na estrada.

— Achei que não havia mais nenhum bicho vivo.

— Alguns são mais resistentes.

Os olhos de Tomás se perdem dentro da caçamba do triturador que exala podridão e calor.

— Como vou dizer ao Estêvão que ele triturou os dois filhos por engano.

— E se não foi por engano?

— Por que ele faria uma coisa dessas, Edgar?

— Talvez não quisesse esperar pelo fim.

— Prefiro acreditar que foi um acidente. Ele não seria capaz...

— Como você mesmo disse, tudo está diferente nos últimos dias. O fim se aproxima; parece que aqueles religiosos estavam certos quanto a isso. Mas tem um problema...

Tomás olha temeroso para Edgar Wilson e aguarda em trevas a sua conclusão.

— Não tem ninguém aqui ou em qualquer outro lugar pra nos salvar.

* * *

Tomás empurra a porta do refeitório e ao correr os olhos de um lado a outro não vê Estêvão. Dá meia-volta e caminha pelo corredor até o almoxarifado. A porta está aberta e não há ninguém. Sente o peito se comprimir levemente e uma breve aceleração do coração. Para por alguns instantes enquanto olha para a porta do banheiro. O eco seco e bruto da sola de suas botas contra o piso antigo de madeira marca cada passo que dá como os ponteiros de um relógio antigo que marca os segundos. Abre a porta do banheiro e olha para o alto. Em seguida, desvia o olhar para o chão. Faz o sinal da cruz sobre o peito e balbucia algumas palavras em latim. Olha para a outra extremidade do corredor onde o vulto de Edgar Wilson toma forma a cada avanço de suas passadas. Edgar conhece esse olhar resignado de Tomás. Antes que possa entrar no banheiro, Edgar Wilson sente exalar o cheiro inconfundível da morte, que se assemelha a um punhado de ervas queimadas que fazem arder suas narinas. Quando sente esse odor, sabe que está no encalço da morte, como se tentasse espiar pelo buraco de uma fechadura o que se faz em segredo.

Estêvão está enforcado com uma corda que ele amarrou numa viga do teto do banheiro. O banco que usou para alcançar a corda está caído no chão. Edgar Wilson se aproxima dos pés do cadáver e os toca. Tomás, ao ver essa cena, lembra-se do Cristo crucificado e de seus seguidores a seus pés em compaixão.

Estêvão abre os olhos e começa a se debater. Ainda está vivo e tenta livrar-se da corda no pescoço. Edgar Wilson segura-o pelas pernas e o suspende o quanto pode enquanto Tomás sobe no banquinho e corta a corda com a faca que carrega presa ao tornozelo. Edgar Wilson ampara o corpo de Estêvão e ambos vão parar no chão. A corda é retirada do pescoço de Estêvão, que puxa o ar com força e começa a chorar desesperadamente. Sua voz é fraca e rouca.

— Por que fez isso? — pergunta Edgar Wilson.

— Não aguento mais — responde Estêvão aos prantos.

Tomás inclinado sobre Estêvão reza para que se acalme. O choro vai sendo controlado e o ar que entra em seus pulmões começa a fluir suavemente.

— Por que fez aquilo com os meninos? — questiona Edgar.

Estêvão demora a responder. Edgar aguarda que diga algo, pois não tem certeza se Estêvão realmente sabe o que fez com os filhos gêmeos ou se está buscando uma resposta.

— Estavam infectados. Eu também estou.

Edgar Wilson e Tomás afastam-se de Estêvão deixando-o sozinho deitado no chão.

— Não queria ver meus meninos definharem.

Tomás percebe que a faca que usou para partir a corda está no chão ao lado de Estêvão. Ameaça se aproximar para pegá-la quando Estêvão segura a faca e corta a própria garganta. O movimento abrupto e certeiro o faz sangrar até morrer. Edgar e Tomás viram o rosto para o lado e esperam que o homem morra enquanto escutam-no engasgar com o próprio sangue.

— Você tem razão, Edgar. Não há ninguém pra nos salvar.

3

Tomás abaixa-se à beira da estrada e puxa pela cauda um filhote de lobo. Suspende o bicho até a altura de seus olhos e observa-o de perto. Os olhos e as entranhas foram removidos. O animal não foi atropelado como ocorre com a maioria dos que se encontram à beira da estrada, foi sacrificado. Joga-o na caçamba da caminhonete e, antes de se sentar à direção e partir dali, avista uma mulher aproximando-se dele. Ela faz sinal para que a espere. Ele aguarda apoiado na caminhonete.

— O senhor é o padre da estrada? — pergunta a mulher de aparência frágil e desajeitada.

Tomás confirma com um aceno de cabeça e a mulher sorri.

— O senhor pode ir até a minha casa?

— Estou em horário de trabalho.

— É urgente, padre.

— Onde você mora?

— Aqui perto. Logo ali. — A mulher aponta em direção

a um vale onde fica o vilarejo em que mora. — Precisamos da sua ajuda.

Tomás dá meia-volta, sobe na caminhonete e faz sinal para que a mulher se sente no banco do carona. Manobra o veículo e em poucos minutos desce em direção ao vale onde fica o vilarejo.

O local tem poucos moradores, algumas dúzias de pobres coitados que outrora ganhavam o sustento com as explosões das pedreiras e a mineração de granito. Tomás estaciona a caminhonete, desce seguido pela mulher e com as mãos na cintura ele observa o local. A mulher faz sinal para que ele a siga e caminha apressada. Tomás, com um toco de charuto preso no canto da boca, caminha sem pressa. Vez ou outra a mulher olha para trás certificando-se de que o padre continua lá.

Eles entram na casa da mulher, que fica ao lado de uma pequena igreja católica, desbotada pelos anos e sem manutenção. As janelas da casa estão fechadas, o cheiro é bolorento e o ar é pesado ali dentro.

— É meu filho, padre. Ele está naquele quarto, mas antes de ir até lá o senhor precisa saber que eu já tentei de tudo. Antes do padre do vilarejo morrer, ele vinha constantemente aqui, mas não conseguiu curar meu menino.

— O que ele tem?

— Nunca descobriram. Dizem que não tem nada. Os exames psiquiátricos dizem que ele é normal — a mulher baixa a voz e dá um passo na direção de Tomás. — Mas ele não é. Na verdade, ele tem sido possuído.

— Por um espírito?

— Por vários. Eu temo dizer, mas acho que foi isso que matou o nosso padre.

— Decerto não foi isso, senhora. Vou dar uma olhada nele.

A mulher afasta-se do caminho de Tomás, que adentra o quarto do menino em poucas passadas. É um garoto de catorze anos. Um tipo franzino, com um bigode ralinho dando os indícios da puberdade e algumas espinhas no rosto. O garoto está sentado à cama, recostado numa almofada grande enquanto lê um livro. A presença de Tomás parece não incomodá-lo. Ele não desvia os olhos de sua leitura, dando tempo para que Tomás observe o quarto. As paredes estão forradas de páginas de livros. Do teto ao rodapé. Numa rápida olhada, é possível identificar páginas do livro de Jeremias, do Evangelho de João e do Apocalipse.

— Filho, temos visita. O padre veio te ver — diz a mulher com a voz fraca.

O filho mantém-se concentrado em sua leitura. Ela vira-se para Tomás e dá um meio sorriso, para logo em seguida sair do quarto e deixá-los a sós.

— Qual o seu nome? — pergunta Tomás.

— Você é o padre da estrada? — questiona o jovem.

— Me chamo Tomás.

— Por que veio até aqui?

— Sua mãe pediu que eu viesse.

— O que ela falou pra você? — pergunta sem desviar a atenção da leitura.

— Que você não tem estado bem.

— É mentira.

O jovem desvia os olhos do livro e mira Tomás com atenção. Fecha o livro entre suas mãos. Tomás aguarda por alguns instantes em silêncio e mantém a brasa de seu charuto acesa.

— Ela disse que eu estou possuído — conclui o jovem.

— E você está?

O garoto sente-se instigado por Tomás.

— Puxe a cadeira, padre.

Tomás vira-se para pegar uma cadeira encostada à parede. Ela a coloca em frente ao jovem e acomoda-se.

— Importa-se se eu fumar? — pergunta Tomás.

— De maneira nenhuma. Eu também o faria se a mulher não implicasse tanto — responde o garoto.

Tomás prefere não acrescentar nenhuma observação ao último comentário do jovem, mas é nítido que diante dele não está quem aparenta ser. Ele poderia tentar resistir e procurar respostas pragmáticas em todos os âmbitos dos seus conhecimentos. Passear por páginas e páginas de livros e anotações adquiridas ao longo da vida. Mas fica claro, não pela postura adotada pelo jovem, mas pelo reflexo em seu olhar, que ali não habita um garoto.

— O que você quer? — pergunta Tomás.

— Eu que deveria fazer essa pergunta, padre. — O jovem inclina o corpo para a frente e continua: — "O que você quer?" Na verdade, essa sempre foi a grande questão, não é mesmo, Tomás?

O jovem reclina-se novamente, escorando-se contra uma almofada à cabeceira da cama. Tomás respira fundo. Suas lembranças o remetem a um lugar em sua história, um lugar que sempre preferiu guardar nas profundezas na tentativa de fazê-lo desaparecer depois de muito tempo sem ver a luz. Mas não é possível. Há lugares que se alimentam da escuridão, dos segredos e dos pecados íntimos.

— Desde que matou aquele homem e fugiu, mesmo que tenha sido para se defender, você carrega a culpa. Você sempre quis se livrar dela, não é mesmo?

Tomás segura o choro em forma de um nó na garganta que faz seus olhos arderem.

— Eu estava lá. Depois que você fugiu, antes de tomar o ônibus para o seminário. Era eu aquele homem com quem conversou no banco da rodoviária.

Tomás busca na memória cada pedaço da conversa que ele lembra ter tido com um homem desconhecido. Algo que se tornou vago com o passar dos anos, até o ponto de ele acreditar que nunca aconteceu de fato.

— Você se lembra, Tomás?

Ele diz que sim com um aceno de cabeça.

— Somos parecidos, você e eu. Vagamos pela terra como um maldito entre os homens de boa-fé.

— Por que este garoto? Você vai matá-lo.

— Este corpo já está morto, Tomás. O garoto morreu há meses e eu estou aqui, cuidando para que não apodreça. Estava esperando por você.

— Eu me lembro — murmura Tomás.

— Do que se lembra?

— O homem na rodoviária disse que me encontraria de novo.

O garoto acena positivamente com a cabeça.

— O que você quer comigo? — questiona Tomás.

— O tempo é chegado. O tempo de todas as coisas.

— O fim?

— O fim e o começo. As portas do inferno estão se abrindo. E as do céu, também. Tudo o que está no meio, bem... — O garoto faz uma pausa e se inclina para aproximar-se de Tomás. — Será destruído.

— Por que está me avisando sobre isso?

O garoto faz uma pausa. Contrai os olhos enquanto sonda Tomás.

— Quem você acha que vai ajudar a salvar isso aqui? — diz o garoto. — Nenhuma ajuda vai descer do céu. A não ser destruição. Esse silêncio que você percebe em cada canto que percorre... é o caos se aproximando. Quando vê o pastor e suas ovelhas morrerem... é o sinal. "Arrependei-vos, pecadores! A morte é chegada. É tempo de matar, é tempo de morrer." Num suspiro profundo, o jovem cai de costas sobre a cama. Desfalece. Seu corpo pálido e magro torna-se vazio, sem nenhum espírito ou demônio que o habite. A mãe entra no quarto e cai de joelhos diante da cama, enquanto Tomás faz o sinal da cruz na testa do jovem. Existe alguma serenidade no semblante do cadáver, que finalmente repousa sua carne no vale da morte.

Semanas depois do encontro com aquele de quem nunca soube o nome, mas que para seu temor acompanha seus passos e espreita seus pensamentos, Tomás está agachado no meio da estrada, cercado por centenas de ovelhas mortas, enquanto verifica a pulsação do pastor das ovelhas. Todos mortos. Possivelmente vítimas de uma descarga elétrica provocada por um raio. Tanto Tomás quanto Edgar Wilson recolhem as ovelhas mortas e seu pastor, abrindo caminho na estrada. Os abutres se mantêm distantes, empoleirados nos galhos altos das árvores assistindo quietos ao trabalho dos homens, que por vezes erguem os olhos vasculhando o céu de uma ponta à outra como se ainda esperassem pelo pior.

4

Depois de horas trabalhando, o triturador de animais mói a última ovelha recolhida da estrada semanas atrás. A massa de carne que é expelida pelo outro lado da engrenagem cai dentro de uma espécie de vagonete que é empurrado para o setor de compostagem por um dos funcionários do galpão. Edgar Wilson desliga o triturador e aos poucos o silêncio repousa sobre o local. O dia de trabalho, assim como os animais mortos, se encerrou. Edgar Wilson apaga a luz do galpão onde fica o imenso triturador e caminha sem pressa pelo pátio do galpão. Senta-se na beirada da caçamba de sua caminhonete e fuma um cigarro.

A morte de Estêvão e seus dois filhos ainda reverbera no lugar, mas, como há mortos por todo lado, poucos parecem se importar.

Tomás faz sinal para Edgar Wilson e este entende o que significa. Ele desce da caçamba e senta-se atrás do volante. Segue Tomás, que vai conduzindo-o, e vinte minutos depois chegam ao bar do Espartacus.

O bar tem poucos frequentadores. São as primeiras horas da noite. A lua está alta no céu. O frio penetra pelas brechas das janelas. O cheiro de comida é bom para o paladar de Edgar e Tomás e eles comem e bebem. Bronco Gil atravessa o salão com passos curtos e firmes segurando uma garrafa de rum e três copos de vidro. Senta-se à mesa junto a Edgar e Tomás. Bronco Gil coloca a garrafa e os copos sobre a mesa e serve uma dose para cada um.

— Não entendo esse frio — diz Bronco Gil terminando de beber.

— Eu não entendo por que você bebe rum — comenta Edgar Wilson antes de virar a dose servida para ele.

— Eu bebo qualquer coisa — completa Tomás depois de tomar seu trago.

— Trabalhei no mar por uns dois anos — começa Bronco Gil. — Era um navio pesqueiro e a gente precisava ficar embarcado vários meses. O capitão do navio tinha um monte de garrafas de rum e no fim era tudo o que a gente tinha pra se aquecer. Peguei gosto pelo rum, mas passei a odiar o mar.

— Eu prefiro a terra firme — diz Edgar Wilson.

— Por que odeia o mar? — pergunta Tomás.

— Balança demais. Eu vivia enjoado. Mas pagavam bem.

Bronco Gil serve para si outra dose da bebida e descansa a garrafa no centro da mesa. Ele bebe e permanece por alguns instantes com os olhos fixos na garrafa.

— Mas tem outra coisa... — começa Bronco Gil em tom de voz reservado, hesitante. — O fundo do mar.

Edgar Wilson e Tomás permanecem atentos e aguardam ansiosos, cada um à sua maneira, pelo relato de Bronco Gil, que por sua vez encara-os de modo intimidador antes que façam alguma pergunta.

— O que tem no fundo do mar? — questiona Tomás.

Bronco Gil hesita em responder e se mantém em silêncio até que Edgar Wilson, embalado pela penumbra que toma conta da mesa onde estão sentados, continua:

— Exato. O que tem lá?

Bronco Gil olha com aprovação para Edgar Wilson.

— Nos movemos sobre a superfície do mar, mas não sabemos nada das profundezas — diz Tomás, compreendendo os temores.

— Nada pode ser mais assustador — completa Bronco Gil.

Tomás bebe mais uma dose de rum. Rumina em silêncio enquanto desliza a ponta do dedo sobre a borda do copo vazio.

— "Eu vi uma besta que subiu do mar" — menciona Tomás.

Bronco Gil e Edgar Wilson olham para Tomás esperando que possa concluir:

— Apocalipse, capítulo treze.

— Não sei de que tipo de besta você está falando... mas eu vi algumas coisas serem tragadas para o fundo do mar. E outras, saírem dele...

Tomás e Edgar inclinam sutilmente o corpo na direção de Bronco, que faz sinal para o rapaz que atende as mesas trazer outra garrafa de rum. Edgar Wilson acende um cigarro e Tomás retira um toco de charuto do bolso do casaco e acende.

— Foi a viagem mais longa que fiz. Já estávamos embarcados fazia uns dois meses. Pescamos todo tipo de peixe. Vez ou outra, vinha na rede um tanto de lixo, restos de peixes mortos e garrafas de plástico. Eu cuidava de içar a rede, mas, tirando o capitão e o cozinheiro, todo mundo fazia um pouco de tudo. Foi antes de eu ser preso e mandado pra Colônia Penal.

O rapaz aproxima-se com a garrafa de rum e coloca-a sobre a mesa sem interromper a conversa. Bronco Gil serve mais uma dose para si.

— Depois de algum tempo no mar você começa a questionar o que existe lá embaixo.

Bronco Gil toma a dose de rum e enche os copos dos seus colegas. Puxa um cigarro feito à mão de trás da orelha e acende-o. Pigarreia antes de continuar:

— Aquele tinha sido um dia difícil. Teve uma tempestade no meio da tarde. Mas conseguimos pescar bastante. Todo mundo foi dormir mais cedo depois da janta. Passei o dia todo nauseado por causa do balanço do mar e não consegui comer nada. Estava sem sono e decidi fumar no convés. Estava embalado pelo barulho do mar e me sentia relaxado. Terminei meu cigarro e, quando me virei pra ir dormir, vi um vulto na proa. Caminhei até lá e era o cozinheiro.

"'Achei que todo mundo já tinha ido dormir', falei.

"Ele só me olhou e não disse nada. Ficou olhando para a escuridão do oceano e parecia não querer conversa. Eu dei boa-noite e meia-volta.

"'Você consegue escutar?', ele perguntou.

"Eu voltei dois passos na direção dele e estiquei os ouvidos para escutar o que quer que fosse além do barulho do mar. Ele permanecia olhando para a escuridão, sem desviar os olhos.

"'Não escuto nada', respondi.

"'Tem alguma coisa lá embaixo', disse o cozinheiro.

"Eu me inclinei na beirada do convés e olhei firme para as águas. Procurei algum movimento estranho, algum peixe que poderia emitir algum som além do que já conhecia.

"'O que tem lá embaixo?'

"Ele demorou um pouco pra responder. Suspirou. Olhou pra mim e eu vi que ele sorria. Eu achei que seria melhor eu sorrir de volta, mas era um sorriso tenso e ele chorava ao mesmo tempo.

"'O que tem lá embaixo?', insisti.

"'É o que eu vou descobrir', ele respondeu antes de se atirar no mar.

"Ele sabia nadar, mas, assim que caiu no mar, desapareceu. Chamei pelos outros, mas ninguém apareceu. Vesti o colete salva-vidas e pulei no mar. Mergulhei procurando por ele, mas nada. Ele parecia ter sido engolido."

Bronco Gil toma mais uma dose de rum e dá um longo suspiro.

— E não termina por aí... — continua Bronco Gil. — Subi no navio e corri pra avisar os outros. Mas estavam todos mortos. O cozinheiro envenenou todo mundo. Eles tinham uma espuma branca saindo da boca, os olhos arregalados e a pele com manchas roxas.

— Ele deve ter enlouquecido — comenta Tomás.

— Foi o que pensei — respondeu Bronco Gil.

Edgar Wilson acende um cigarro e toma mais uma dose de rum. Observa Bronco Gil em toda a opulência de seu tamanho. O olho de vidro sempre estático não emite nenhuma dor, nenhum sentimento. Por outro lado, seu olho bom lacrimeja, e, marejado de uma dor que carrega intimamente, Bronco volta a seu relato.

— No dia seguinte, cheguei à terra firme. Atraquei num porto que já conhecia e expliquei o que havia acontecido. Os marujos me ajudaram, me deram comida e me fizeram companhia até a polícia chegar. Precisei contar a história diversas vezes quando fui levado pra delegacia, mas eles pareciam não acreditar. Fiquei detido por várias semanas porque acharam que eu havia matado todo mundo. No livro de registro da tripulação constava o nome de todos que estavam a bordo, incluindo o cozinheiro que nunca foi encontrado. Fui transferido pra um presídio e fiquei lá enquanto investigavam o caso. Ninguém acreditava no que eu dizia e achavam que eu tinha enlouquecido e matado toda a tripulação.

"Já estava preso fazia alguns meses quando recebi uma visita. Eu não esperava receber ninguém, mas havia um homem que queria falar comigo. Eu não tinha nada mais a perder e fui até a sala de visitas. Eu nunca tinha visto o sujeito. Ele estendeu a mão e me cumprimentou. Eu me sentei na frente dele e ele apenas sorriu por alguns segundos. Eu já pensava em me levantar e voltar pra cela, quando ele resolveu falar.

"'Eu também estava lá', ele disse.

"'Do que tá falando?', perguntei.

"O sujeito me olhou por mais um tempo em silêncio até que falou novamente.

"'Era pra toda a tripulação ter morrido, mas você escapou.'

"Eu senti meu coração acelerar e comecei a suar frio. Não consegui dizer nada.

"'Quem é você?'

"'Eu sou o que sou', ele respondeu, e continuou: 'O tempo é chegado. O tempo de todas as coisas'.

"'O fim?', perguntei.

"'O fim e o começo. As portas do inferno estão se abrindo. E as do céu, também. Tudo o que está no meio...'"

— Será destruído — interrompe Tomás.

Bronco Gil olha intrigado para ele e balança sutilmente a cabeça em concordância.

5

O balconista olha para Edgar Wilson, que acaba de acender um cigarro em local proibido. Dá de ombros e volta a atenção à reportagem na TV sobre a epidemia. Edgar Wilson pede mais café e o balconista, de olhos pregados no noticiário, enche a xícara. Edgar observa o rapaz e a visível preocupação que assola seu semblante.

— Com medo da epidemia?

— E quem não está?

O intervalo do noticiário é invadido por anúncios de kits de proteção e produtos de higienização.

— O que estavam dizendo? — quer saber Edgar.

O rapaz, tomando a distância recomendada, apoia os quadris numa bancada e cruza os braços, tentando parecer relaxado.

— Disseram que tudo vai se resolver, mas que vamos ter que tomar muito cuidado.

Edgar Wilson dá um gole no café e traga seu cigarro. Percebe que o balconista ainda tem mais a dizer.

— Duvido! Acho que vamos todos morrer. Meu pastor vem anunciando isso há mais de dez anos. Eu e minha família servimos ao Senhor Jesus. Seremos salvos.

— Salvos da epidemia?

— Isso mesmo.

— Achei que vocês seriam os primeiros a morrer...

O balconista contrai o semblante e permanece pensativo encarando os próprios sapatos por alguns instantes. Suspende a cabeça e olha para o único cliente do restaurante da parada de caminhoneiros que está sentado à sua frente bebendo café e fumando numa tranquilidade de quem sabe exatamente com o que está lidando.

— Mas o nosso Senhor nos salvará — retruca o balconista.

— Sempre ouvi dizer que os Filhos do Senhor serão levados diretamente a Ele para serem poupados da calamidade. Todo o resto vai sobreviver aqui embaixo... quero dizer, o resto de nós, os pecadores — conclui Edgar Wilson.

O balconista pensa um pouco. A confiança que ainda se refletia em seu olhar desaparece.

— Para estar com o seu Senhor é preciso estar morto ou entendi tudo errado? — acrescenta Edgar Wilson. — Mas se você ainda está aqui, talvez não tenha sido aceito por Ele.

O balconista olha para o alto como se buscasse alguma resposta no teto engordurado e manchado pela infiltração. Respira fundo tentando arejar seus pensamentos, oxigená-los para obter uma conclusão satisfatória, porém não há nada que o conforte.

— Quanto deu? — pergunta Edgar Wilson retirando a carteira do bolso.

— Três e oitenta — murmura o balconista ainda pensativo.

Edgar Wilson coloca algumas moedas sobre o balcão. Levanta-se e acena um cumprimento sutil com a cabeça antes de se virar para sair. Quando alcança a porta e antes que possa atravessá-la, o balconista diz:

— Acho que o senhor tem razão.

Edgar Wilson vira-se para o balconista enquanto coloca seu chapéu.

— Eu sinto muito — responde Edgar antes de cruzar a porta e sair.

Edgar Wilson confere o relógio e vê que se passaram cinco minutos desde a última vez que verificou as horas. Ainda são 10h05 da manhã. A temperatura vem caindo ainda mais e desde a madrugada uma chuva fina e gelada persiste em toda parte.

Não é possível ver o horizonte por causa da neblina espessa. De acordo com as previsões, a epidemia se torna mais aguda com as baixas temperaturas. O inverno rigoroso e inesperado para esta época do ano ainda não tem explicação. Edgar Wilson ajeita-se no assento do motorista. O cheiro dos bancos de couro velho da sua unidade lhe traz certo conforto, porque já faz algum tempo que todos os dias dirige a mesma caminhonete e no painel o círculo no formato exato da sua garrafa térmica estabelece uma conexão afetiva com o veículo. Passa mais tempo dentro dele do que em casa.

Mais sozinho do que o habitual e com muito menos trabalho para fazer, Edgar Wilson relembra em silêncio todas as histórias que já escutou sobre o fim dos tempos. No princípio, Deus decidiu matar todos os homens e animais da terra quando permitiu o dilúvio. E, assim, foram todos afogados. Muito tempo depois, Ele decidiu destruir Sodoma e Gomorra

46

fazendo chover do céu fogo e enxofre. No dia seguinte, de acordo com o relato bíblico, era possível ver uma densa fumaça subindo da terra, como rescaldo de uma fornalha. Edgar Wilson sempre imaginou que Deus se valeria do frio extremo para eliminar Sua criação de vez, mas não, Ele não seria tão previsível, os caminhos do Senhor são insondáveis.

O rádio comunicador chia e a transmissão é entrecortada por alguns segundos até se estabelecer.

— Aqui é a unidade quinze zero oito. Pode repetir, Nete?

— Edgar, qual a sua localização?

— Rodovia norte.

— Preciso que vá até uma ocorrência nessa região.

— Qual a localização?

— Quilômetro dezoito.

Nete espirra do outro lado do rádio comunicador e reclama de suas alergias.

— Qual a ocorrência?

— Eles não entraram em detalhe, mas pediram todas as unidades disponíveis.

— Entendido. Já estou a caminho.

Edgar Wilson dá a partida e em menos de vinte minutos chega ao quilômetro dezoito. Antes de estacionar sua unidade, percebe Tomás caminhando de um lado para outro. Logo atrás de Edgar, Bronco Gil estaciona sua caminhonete. Ele desce e caminha até a janela do motorista. Edgar Wilson abaixa os vidros que ultimamente andam fechados devido ao frio e olha para Bronco Gil que, sem dizer uma palavra, faz um sutil movimento em cumprimento e se põe a andar em direção a Tomás, que continua agitado.

Um caminhão do Exército está parado no meio da estrada. O soldado que o dirigia está trêmulo, em estado de choque, sentado no acostamento. Outro soldado, que o acompanha, chora compulsivamente. Ambos são jovens com pouco mais de vinte anos, de estatura mediana e corpo magro. Tomás tenta entender o que está acontecendo, mas os dois soldados não dizem nada. Bronco Gil, ao aproximar-se dos jovens, causa ainda mais espanto e pavor. Edgar Wilson observa a situação e tenta abrir o baú do caminhão, mas está trancado. Os dois jovens soldados consolam um ao outro.

— O que estamos fazendo aqui, afinal? — Edgar Wilson pergunta para Tomás.

— Ainda não descobri — responde Tomás.

— Eles não falam nada — completa Bronco Gil olhando para os dois soldados.

Edgar Wilson caminha até os dois jovens soldados e retira seu chapéu antes de dizer qualquer coisa. Essa atitude demonstra empatia e Edgar sabe disso. Ele se agacha diante dos soldados segurando o chapéu e num tom calmo tenta entender o que está acontecendo.

— Eles mandaram a gente dirigir. Levar o caminhão até uma fazenda — fala um dos soldados.

— Só que a gente... — o outro soldado não consegue concluir a frase.

— Só que vocês o quê? — insiste Edgar Wilson.

— A gente não sabia o que estava carregando.

Edgar olha para o outro soldado que agora está calado, apenas ouvindo seu parceiro, e, antes de continuar, o soldado olha para ele, como quem pede autorização para prosseguir. Edgar Wilson compreende a implicação dessa troca de olhares.

— Achamos que era um carregamento de batatas. Até que começamos a escutar um barulho vindo de trás. O barulho não parava. Era como se alguém esmurrasse o baú do caminhão.

O jovem soldado respira fundo antes de continuar. Tomás e Bronco Gil ameaçam se aproximar, mas Edgar Wilson olha severamente para ambos, que recuam e os deixam a sós. O soldado, por alguns instantes, olha para a carteira de cigarros no bolso do casaco de Edgar Wilson, que imediatamente a puxa, bate no topo para que saia um cigarro e oferece ao jovem.

— Eu não deveria, mas vou aceitar. Obrigado.

Edgar acende o cigarro para o jovem e oferece um cigarro para o outro soldado que está calado faz algum tempo, mas ele recusa.

— Não fumo.

— Ele é crente. Eu confesso que já fui, mas não aguentei muito tempo — conclui o outro soldado soltando a fumaça depois de tragar.

— Você pode continuar agora? — diz Edgar Wilson.

— A gente parou o caminhão, bem ali como está, no meio da estrada. Descemos pra abrir, mas eu fiquei meio preocupado. Perguntei se tinha alguém ali dentro. Uma voz respondeu que tava preso no caminhão e que precisava sair. Eu ia abrir quando meu parceiro aqui não deixou.

— É porque eu pensei que talvez, fosse quem fosse, era o que a gente tinha que levar até a fazenda. Talvez não fossem sacos de batata — finalmente o outro soldado participa da conversa. — Então, eu liguei pro meu superior e contei pra ele que tinha alguém preso dentro do baú e que tava pedindo pra sair. Ele disse que a gente não podia abrir o baú. E que tinha que seguir até a fazenda. Então a gente voltou pro caminhão. Eu me sentei no banco do motorista e dei a partida.

— Começou a bater de novo, com muita força — acrescentou o outro soldado. — Eu não podia continuar com aquilo, então decidi assumir o risco de abrir o baú. Fui armado, claro. Mas precisava entender o que tava acontecendo. A gente desceu do caminhão e abrimos as portas do baú. Era um homem, meio velho, todo sujo. Ele pulou do caminhão e saiu correndo e a gente não conseguiu se mexer.

— É que todos os outros estavam mortos. Acho que tem mais de cem corpos ali dentro — conclui o outro soldado. — O velho ainda estava vivo e provavelmente contaminado pela epidemia. Eu vi um e outro ainda se mexendo. Estão dando cabo das pessoas contaminadas. Eu não posso mais dirigir essa coisa. Vou desertar.

— Eu também. Não vou fazer parte disso.

— Vocês podem me mostrar?

A porta do baú do caminhão se abre. Perplexos, Tomás, Edgar e Bronco permanecem em silêncio por alguns segundos, o tempo de suspender a respiração sem causar nenhum dano ao sistema neurológico.

— O que disseram pra vocês? — quer saber Bronco Gil.

— Que a gente só tem que levar o caminhão até a fazenda. E que em hipótese alguma a gente deve abrir o baú.

— Sabem pra onde foi o homem que fugiu? — quer saber Tomás.

— Foi pra lá — aponta o soldado. — Mas estava mal. Não vai aguentar muito tempo.

— Você tocou neles? — pergunta Bronco Gil.

— Eu não, mas ele sim — diz o soldado indicando seu parceiro religioso.

— Você precisa ir pro isolamento. Se foi contaminado, a doença vai se manifestar em até três dias — explica Edgar Wilson.

— Eu não vou. Eles matam a gente lá. Esses mortos aí estavam no isolamento. Tá vendo aquilo ali? — aponta o jovem. — É a pulseira de identificação que todos usam.

— Qual é mesmo o nome dessa fazenda pra onde vocês estão levando os corpos? — pergunta Bronco Gil.

Um dos soldados retira do bolso da calça um pedaço de papel e lê o que está escrito.

— Matadouro Touro do Milo.

Edgar Wilson e Bronco Gil se entreolham. Tomás, que conhece as histórias do local através de Edgar Wilson, olha para ambos aguardando uma decisão.

— As chaves do caminhão estão na ignição? — pergunta Edgar.

Os dois soldados balançam a cabeça positivamente.

— Vocês vão embora daqui. Desapareçam. — Edgar Wilson aponta para o jovem soldado que acredita ter sido contaminado. — Você, é melhor se cuidar, porque se estiver contaminado e descobrirem, já sabe seu destino. A gente cuida disso aqui.

Os dois jovens soldados hesitam no primeiro instante, mas entendem que a situação é mais grave do que imaginam. O medo paralisa. A epidemia que se espalha abruptamente é o sopro da morte que vem de todas as direções. É para muitos a grande leva que será dizimada da terra. Milhares morrerão, outras centenas começam a desaparecer sem deixar rastros. Para o jovem soldado é frustrante saber que ele não foi bom o suficiente para ser levado com os bons e que para ele, assim como para todos aqueles que considerou pecadores, resta ser aniquilado nesta terra desolada e afligida; e que o Deus para quem cantava todos os domingos pela manhã talvez não esteja tão interessado assim nos cânticos e no pagamento dos dez por cento de seus rendimentos, talvez prefira a espada que desce dos céus para dividir e dizimar.

Bronco Gil assobia para os dois jovens soldados que param e olham para trás.

— Deixem as armas de vocês.

Os soldados retiram as armas do coldre e entregam a Bronco Gil.

— As munições também.

Os soldados deixam tudo com eles, dão meia-volta e seguem pela estrada até desaparecerem na neblina que reveste o dia.

— Posso saber o que você pretende fazer com o caminhão? — Tomás questiona Edgar Wilson, imaginando a resposta.

— Vou levar o caminhão até o Milo.

— Eu também vou — diz Bronco Gil verificando as armas.

— Vocês dois... vocês dois enlouqueceram? É um caminhão do Exército. Não podem sair dirigindo por aí. Vão nos matar.

Bronco Gil engatilha a arma verificando que tudo está em ordem. Tomás sente-se ameaçado com o gesto de Bronco Gil.

— Você viu o que tem nesse baú, Tomás — fala Bronco Gil. — E eu quero saber o que está acontecendo. Estou nas estradas trabalhando no meio dessa epidemia correndo o risco de ser contaminado. Eu quero saber.

Bronco Gil afasta-se e vai até sua caminhonete.

— Você me conhece, Tomás. Não vou deixar esses mortos aqui — diz Edgar Wilson.

— Eu sei e é isso que me apavora, Edgar. Há três semanas eu estava com dois corpos no bagageiro procurando um fim digno pra eles. E, é claro, foi você que me convenceu...

Tomás anda de um lado para outro, pensativo. Respira fundo antes de dizer:

— E como vamos fazer isso? A gente precisa de um uniforme, um disfarce... e a gente precisa avisar lá no depósito.

Bronco Gil suspende o banco traseiro de sua caminhonete e embaixo há um pequeno arsenal com dois rifles, uma espingarda e duas pistolas. Há munição para muitas investidas e, claro, o seu arco e flecha.

— Seu desgraçado. Já tava se preparando — comenta Edgar Wilson.

— Desde o que aconteceu no matadouro eu comecei a me preparar. Eu sabia que aquilo já era um sinal.

— Você está se referindo ao que aconteceu com o gado? — questiona Tomás. Bronco Gil olha para ele e Tomás completa: — Edgar me contou o que houve.

— Mas não contei tudo — completa Edgar Wilson.

Tomás aguarda que um dos dois possa dar mais explicações.

— É uma longa história e começou quando eu cumpria pena na Colônia Penal. Foi lá que eu percebi que a gente caminhava pro fim... e tudo o que eu fiz foi ficar atento aos sinais — diz Bronco Gil.

— Deixa isso pra depois, Bronco. Precisamos ir — corta Edgar Wilson.

Os três estacionam suas caminhonetes num posto de gasolina a um quilômetro dali. Bronco Gil move todo seu arsenal para a caminhonete de Edgar Wilson, que também conta com um compartimento improvisado por ele mesmo embaixo do banco do carona. A unidade quinze zero oito dirigida por Edgar Wilson tem registro e licença para percorrer grandes distâncias durante o isolamento por ser um veículo de utilidade pública. Tanto ele quanto Tomás possuem essa autorização, assim como ambos possuem licença em suas carteiras de habilitação para dirigir um caminhão. Não será problema burlar qualquer contratempo na estrada, a não ser pelo fato de eles não serem soldados. Quanto a isso, ainda não decidiram o que fazer.

Edgar Wilson acena para o homem franzino que sai da sua loja no posto de gasolina para ver a movimentação. Este reconhece Edgar e acena de volta.

— Vamos deixar duas das nossas unidades de resgate aqui por algumas horas. Tudo bem pro senhor? — fala Edgar Wilson.

O homenzinho de cabelos ralos observa os três homens diante de si e apenas acena positivamente com a cabeça enquanto Tomás pergunta:

— O senhor teria café fresco pra encher nossas garrafas?

— Eu posso passar pros senhores.

— E cigarro. Traga tudo o que tiver — diz Edgar Wilson retirando dinheiro do bolso e contando o que tem.

Meia hora depois, o homem franzino e encolhido pelo frio entrega as garrafas térmicas cheias de café fresco e maços de cigarro pela grade da loja. Recebe o dinheiro e sorri com a pequena porém significativa venda que acabou de fazer. Espia pela grade os três homens se afastarem, caminhando em direção à caminhonete de Edgar Wilson envolvidos por um silêncio cheio de temor, porém com passos firmes. Batem as portas com força. Arrancam dali apressados e pegam a estrada, preparados para uma guerra, como soldados bastardos de um apocalipse que já está aqui.

6

Edgar Wilson dirige sua unidade à frente do caminhão, pois conhece o trajeto mais rápido até o Matadouro Touro do Milo. Bronco Gil está sentado ao lado de Tomás, que abre o vidro ignorando o vento gelado e assim deixa o ar circular na boleia enquanto expele a fumaça de seu charuto.

— Por que deixou de ser padre?

— Porque tomei a decisão certa. E aí me expulsaram.

Tomás acende novamente o charuto cuja brasa se apagou.

— Onde perdeu seu olho?

— Num acidente anos atrás. Fui atropelado e deixado pra morrer. Só perdi um olho. Tive sorte.

Bronco Gil despeja um pouco de café na tampa da sua garrafa térmica usando-a como caneca e puxa detrás da orelha um cigarro recém-enrolado. Acende. Suspira. Bronco olha para a caminhonete de Edgar Wilson alguns metros adiante guiando-os pelo espaço ermo, entrecortado por uma vegetação rasteira e apática. À margem da estrada, diversos objetos esquecidos ou abandonados, um brinquedo, uma motocicleta ou um carro ainda em bom estado. Não há mais para onde ir. E, mesmo que haja, não é possível ultrapassar os bloqueios. As pessoas precisam se isolar em casa ou em campos de isolamento, como são conhecidos os espaços para aqueles que não têm casa ou que moram em condições inadequadas, sem água ou com muitas pessoas dividindo o mesmo teto.

Da estrada é possível ver um dos campos de isolamento construído em poucos dias dentro de uma das fazendas da região, ocupando o espaço que antes era destinado à pastagem do gado. Agora já não existe mais gado. Os animais foram os primeiros a morrer com o início da epidemia. A cerca alta confina todo tipo de gente que vive em cômodos feitos de tapumes. Ali, ficam os sadios. Os doentes são levados para os campos de reabilitação e submetidos a tratamentos sigilosos.

Dois meninos, ainda pequenos, brincam do lado de dentro da cerca e param ao ver o caminhão cruzar a estrada. Agarrados à cerca, eles sorriem e acenam. Bronco Gil acena de volta e sente um pesar profundo. Conhecia aquela fazenda.

— Ali funcionava uma fazenda com mais de três mil cabeças de gado — diz Bronco Gil pesaroso. — Agora são os meninos...

Tomás observa o local em silêncio. Mantém os olhos baixos, assim como seus pensamentos. Pensa em Estêvão e seus filhos. Não pôde rezar por eles, pedindo por suas almas. Provavelmente terminaram numa cova de indigentes ou foram cremados.

— Que história era aquela sobre você estar se preparando para o fim? — quer saber Tomás.

— Cumpri pena numa Colônia Penal uns anos atrás. Fui o único sobrevivente. Não existe mais. Foi desativada.

Embalado pelo suave chacoalhar do caminhão e adentrando o dia frio e nublado, Bronco Gil remonta suas densas memórias dos dias de confinamento, isolado de tudo por muros altos por ser considerado um mal para este mundo, um mal que ao menos podia ser contido entre tijolos e concreto. Ele traga seu cigarro e demora para soltar a fumaça. Quando o faz, começa um relato ininterrupto.

— Durante meses os prisioneiros foram caçados e mortos por Melquíades, o diretor da Colônia. Ele tinha enlouquecido lá dentro, mas eu podia sentir algo se aproximando. Era uma sensação. O pai da minha mãe, meu avô, era xamã da aldeia onde eu fui criado antes de ser levado pelo meu pai pra fazenda dele. Aprendi umas coisas com ele e era nos fins de tarde que eu me sentava sozinho na Colônia e observava as montanhas ao redor. Era todo o horizonte que eu tinha. Toda semana Melquíades caçava e matava dois ou três prisioneiros. Era um cara bem entendido de religião e carregava uma bibliazinha no bolso. Eu tava lá como de costume, olhando as montanhas antes do toque de recolher, quando Melquíades se sentou do meu lado e perguntou o que eu tanto olhava praquelas montanhas. Eu disse que me sentia um pouco mais livre desse jeito. Ele riu. Riu bastante. Disse que ia me deixar por último; e ele disse isso outras vezes depois, e se caso eu conseguisse escapar daqueles muros, bem, ele falou que eu não conseguiria escapar do que estava por vir. Aí ele tirou aquela bibliazinha do bolso e leu: "Por tudo isso, estou cheio da ira de Deus contra eles; já não aguento mais prender essa ira dentro de mim. Vou jogá-la sobre Jerusalém, sobre as crianças que brincam na rua, sobre os grupos de jovens, sobre pai e mãe, sobre avô e avó... porque Eu vou castigar os moradores desta terra, diz o Senhor". Arrancou um pedaço da página e me entregou. Se levantou e saiu sem dizer mais nada. Todos esses anos eu leio e releio esse pedaço de papel, mas nunca descobri de que parte da Bíblia ele é.

Bronco Gil retira a carteira do bolso e puxa o pedaço da folha destacada e dobrada. Mostra a Tomás, que a pega com cuidado e verifica a passagem. É um pedaço pequeno, arrancado de uma Bíblia com letras miúdas e que não permite identificar o livro ou capítulo, mas Tomás sabe do que se trata.

— É o livro de Jeremias. Está no capítulo seis.

Tomás estica o braço e pega sua mochila atrás do assento. Abre-a e pega sua Bíblia. Apoia-a em uma das pernas e folheia habilmente com uma mão desviando momentaneamente os olhos da estrada. Abre numa página e entrega a Bronco Gil, que lê com atenção. Ao terminar, Bronco fecha a Bíblia e suspende a cabeça.

— Pelo jeito isso é tudo — murmura Bronco Gil.

— Nem tudo. É só o começo das dores, de acordo com os livros proféticos.

Silêncio.

O cheiro dos mortos no baú impregna a boleia do caminhão forçando Bronco Gil a abrir sua janela.

— Não entendo isso do Edgar Wilson sempre querer dar um fim aos mortos — fala Tomás.

— É inevitável pra ele. Edgar Wilson sempre esteve no encalço da morte. Por onde ela passa, ele segue os passos dela. Esse filhodaputa me dá medo às vezes.

Bronco Gil percebe que Edgar Wilson sai da rota principal e pega um desvio. Talvez seja um atalho e espera entender o que ele está fazendo antes de alarmar Tomás. Dois quilômetros adiante, Edgar Wilson para sua caminhonete. O caminhão para a poucos metros.

— Por acaso chegamos? — pergunta Tomás.

— O que ele tá fazendo? — murmura Bronco Gil intrigado enquanto desce do caminhão.

Edgar Wilson caminha em direção a um pequeno vilarejo, com poucos habitantes, e para ao observá-lo à distância. Tomás caminha até Edgar que insiste em se manter calado diante das perguntas de Bronco Gil.

— Estivemos aqui faz algumas semanas — diz Tomás reconhecendo o lugar. Ele se dirige a Bronco Gil: — Viemos trazer dois corpos pro IML.

Tomás está perplexo com o que tem diante dos olhos. Edgar Wilson, em silêncio. Bronco Gil olha de uma ponta a outra, nas direções em que seu olho bom consegue alcançar, e diz:

— Esse lugar está destruído.

— Não estava assim quando viemos — insiste Edgar Wilson.

— Incendiaram tudo... — suspira Tomás.

Os três homens avançam com passos cautelosos e entram no vilarejo destruído. O vento frio sopra uma fina fuligem que recobre todo o lugar. Há corpos caídos pelo chão, desde crianças até um aleijado na cadeira de rodas. O fogo lambeu todo o local e o cheiro de queimado é persistente. Com a gola da camisa, cada um dos três cobre o nariz e a boca ao caminhar mais para o centro do local. Há um chafariz cuja estátua destruída está caída para o lado e alguns peixes pequenos ornamentais boiam à superfície das águas escurecidas. Bronco Gil toca na água e sente o cheiro.

— Enxofre — diz Bronco Gil. — Mas nessa região as águas não têm esse cheiro.

— O cheiro está por toda parte. Não vem dessas águas — conclui Edgar Wilson, que em silêncio olha para o céu insistentemente à procura de uma resposta. — Quem poderia ter feito isso?

— Os militares, talvez... — diz Tomás. — Definitivamente queriam apagar o lugar. Incendiar esses vilarejos e municípios é mais barato pra conter a epidemia.

— Sodoma e Gomorra também foram destruídas pelo fogo — fala Edgar Wilson.

— Acredita-se que os pecados das duas cidades estão relacionados diretamente à ganância, ao apego excessivo aos bens materiais, à promiscuidade sexual e às várias práticas de crueldade — conclui Tomás.

— Bem, parece que nada mudou de lá pra cá — diz Bronco Gil.

Tomás suspira e diz:

— Não mesmo. E se estávamos esperando uma terceira guerra mundial, bem, eis aí. Não posso deixar de concordar que os caminhos do Senhor são insondáveis.

— A gente se preparando pra uma guerra nuclear... sempre achei que a terceira guerra mundial seria explosiva... — comenta Bronco Gil.

— É uma guerra contra o invisível, Bronco, e ninguém tem ideia do que é essa porra de vírus — diz Edgar Wilson. — Os caminhos do Senhor são insondáveis e Ele planejou muito bem como acabar de novo com tudo isso aqui embaixo. Nem fogo do céu, nem dilúvio... Acho que nem o diabo saberia lidar com isso.

Eles entram em uma casa e uma família de quatro pessoas está caída na cozinha e na sala. O cheiro da carne queimada misturada à podridão que já se instala em toda parte é insuportável. Dessa vez, já não há mais abutres voando nos

60

céus, indicando a morte sobre a terra. Cada um precisa farejar os mortos por conta própria.

— O que será que vão fazer com os cadáveres? — pergunta Edgar Wilson.

— Acho que vão recolher e apagar os vestígios — conclui Tomás. — Não se atreva, Edgar Wilson, a tocar nesses corpos. Já temos uma centena naquele caminhão. Sinto muito, mas você não vai conseguir dar conta de todos os mortos. Não dessa vez.

Os três saem da casa e perambulam por quase meia hora, vasculhando as ruas e entrando nas casas. Os mortos se espalham por toda parte. O trio se junta de novo quando um caminhão dirigido por militares estaciona bem perto deles. Três soldados descem.

— Vocês estão aqui pra recolher os corpos? — pergunta um dos soldados. — Vi que vocês estão com um caminhão também.

O soldado olha de um lado a outro percebendo a grande quantidade de corpos espalhados e, antes que possa obter uma resposta, dá um longo assobio para demonstrar surpresa.

— Não imaginei que fossem tantos. — Ao concluir suas observações, ele olha de cima a baixo os três homens à sua frente, que não estão devidamente uniformizados. — Vocês devem ser os novos recrutados...

— Isso mesmo, fomos recrutados pro trabalho — responde Tomás tentando evitar qualquer contratempo. — Nós já temos um caminhão cheio e precisamos levar pra fazenda.

O soldado soergue a sobrancelha impressionado com a eficiência dos três homens.

— Então o.k. Mas vocês voltam pra ajudar a carregar o restante, certo?

O soldado gira sobre os calcanhares e murmura baixinho para si. Retira do bolso do paletó uma folha de papel A4, desdobra-a e confere algumas informações.

— Pelo que consta aqui, esse vilarejo tem três mil cento e catorze moradores. — Ele suspende a cabeça e olha com cara de espanto e ironia para os homens à sua frente: — Vamos trabalhar pelo menos uns três dias pra remover todos os corpos. Que inferno!

O soldado afasta-se alguns passos e pega um rádio comunicador preso ao cós da calça.

— Sargento... câmbio... são mais de três mil corpos. Não consigo fazer o recolhimento até amanhã. Mesmo com reforço de mais caminhões, vamos levar uns três dias.

Edgar Wilson, Tomás e Bronco Gil estão imóveis e já não conseguem escutar o que o soldado fala no rádio comunicador porque este se afastou ainda mais deles. Edgar Wilson baixa a gola da camisa com que cobre o nariz e a boca e acende um cigarro. Eles e os dois soldados que estão calados apenas observando trocam olhares desconfiados. Existe certa animosidade entre os homens e os militares. Bronco Gil caminha devagar em direção à caminhonete. O soldado retorna e aproxima-se de Edgar e Tomás.

— O sargento disse que não enviou nenhum reforço pra cá.

A tensão aumenta.

— Quando vocês foram recrutados? — insiste o soldado.

Os outros dois soldados estufam o peito e levam suas mãos às armas presas à cintura.

— Faz uns dias — diz Edgar Wilson.

— Olha, não sei o que o seu sargento disse, mas só estamos tentando ajudar. Recolher os corpos. — Tomás tenta apaziguar.

— Vocês sabem que o que estamos fazendo aqui é ilegal, não sabem? Esse trabalho é totalmente sigiloso e os recrutados, bem, só alguns recrutados podem recolher os mortos ou mesmo atear fogo nos vilarejos. Eu posso ver a licença de vocês?

— Claro que sim — responde Edgar Wilson prontamente e caminha em direção à caminhonete.

Os três soldados ficam parados esperando que ele volte com a licença. Tomás respira fundo. Acha melhor afastar-se alguns passos para o lado. O soldado, que aguarda em posição firme e de cabeça erguida, olha para o lado e estranha os passos pequenos e sutis de Tomás. Antes que possa formular uma pergunta em sua mente, um tiro de espingarda encontra o centro da sua cabeça e o derruba sobre os outros dois soldados, que sacam suas armas e atiram contra Edgar e Bronco, porém só conseguem acertar o tronco de uma árvore, o muro de uma casa e o capô de um carro abandonado. Morrem gritando e atirando. Caídos no chão, estrebucham por alguns segundos ou talvez minutos até mergulharem em absoluto silêncio.

Com as palmas das mãos para cima e os ombros contraídos, Tomás questiona:

— Era mesmo necessário?

— Você viu. Eles iam matar a gente — responde Bronco Gil.

— Santo Deus, Tomás! — suspira Edgar Wilson. — Para de reclamar e me ajuda a pegar a roupa deles. Por que você acha que atiramos na cabeça? Precisamos desses uniformes!

7

— Bronco. Acorda, Bronco.

Bronco Gil abre o olho e diante dele está um dos detentos da Colônia Penal. Bronco estica o braço, apanha seu olho de vidro guardado num copo com água e o coloca na cavidade ocular.

— São quatro da manhã — diz Bronco.

— Você precisa ver isso — diz o detento.

Bronco Gil se põe de pé, puxa um casaco que está pendurado na ponta do beliche e suspende as golas para se proteger do frio enquanto segue o outro detento até a área externa do alojamento onde os detentos dormem.

— O que está acontecendo? — quer entender Bronco Gil.

O homem anda de um lado para outro. Tenso. Engasgado com um choro.

— Ele vai matar todos nós.

— Ele quem?

— Melquíades.

Bronco Gil aproxima-se cuidadosamente do homem que está agitado mais que o normal.

— Você viu alguma coisa?

— Ele matou meu colega de beliche. O cara que dormia em cima de mim.

— Onde ele matou?

— Eu não sei... mas ouvi os tiros praquele lado lá — diz, apontando.

Bronco Gil gira sobre os calcanhares e olha ao longe, mas a noite não permite que enxergue além de poucos metros. Os passos das solas das botas ecoam cada vez mais alto e a sombra projetada no chão vai se alongando até encobrir o próprio Bronco Gil. Melquíades para diante dele e observa o outro detento amedrontado e agitado.

— O que vocês fazem aqui fora? — quer saber o diretor da Colônia Penal.

— Este homem me acordou porque está muito assustado — responde Bronco Gil.

Melquíades olha para o homem franzino e perturbado.

— O que você tem? — Melquíades diz para o homem.

— Eu não quero morrer.

Melquíades olha para o homem de cima a baixo com certo desdém e diz:

— Imagino que não.

— Ele disse que um dos detentos foi executado pelo senhor — fala Bronco Gil.

Melquíades olha duramente para Bronco e, em vez do desdém com que tratou o outro homem, lhe abre um pequeno sorriso tentando esconder um leve nervosismo.

— Se matei, onde está o corpo?

— Eu ouvi. Lá — aponta o homem.

— Eu estava sem sono e decidi praticar um pouco —

diz Melquíades dando um passo na direção do homem coagido. — Eu não devo nenhuma satisfação aos detentos.

O homem sentindo-se encorajado pela presença de Bronco Gil retruca ainda que sem olhar diretamente para Melquíades.

— Eu vi quando o senhor tirou ele da cama e...

Melquíades não gosta de ser contrariado nem de ser interpelado. O homem para de falar, pois teme dizer o que está em sua mente.

— E o quê?

— Ele disse que não queria morrer.

— E o que mais?

— Ele implorou.

Ao concluir, o homem olha diretamente nos olhos de Melquíades, que dá um passo para trás, permanece por poucos segundos olhando o pobre homem à sua frente, saca uma pistola e atira bem no meio da testa dele. O homem cai aos pés de Bronco Gil, que limpa algumas gotas de sangue que respigam em seu rosto. Por instantes há um silêncio que os recobre, é um tipo de silêncio que vem acompanhado pela morte.

Bronco Gil suspende a cabeça deixando de olhar para o morto a seus pés e encara Melquíades. Ambos desejam a morte um do outro. O desejo, no entanto, torna-se mais aguçado quando o cheiro de sangue fresco começa a se espalhar no ar.

— Quero que você enterre ele lá nos fundos — ordena Melquíades.

— E se eu não quiser?

— Então eu enterro você lá.

Bronco Gil está em desvantagem já que não possui uma arma, mas um homem como Bronco jamais se intimida com uma arma. Bronco Gil dá um passo na direção de Melquíades. Este recua dois passos. Bronco Gil permanece estático, nem sua respiração pode ser ouvida. É o iminente silêncio da morte. Bronco avança sobre Melquíades e o desarma. A pistola cai no chão. Melquíades recua alguns passos, conforme Bronco Gil avança mais passos em sua direção.

— Vai me matar, índio? Eles vão te executar. Você sabe disso.

Bronco Gil se detém, se abaixa e apanha a pistola do chão. Num lance, ele joga a pistola sobre os muros, para fora da Colônia. Melquíades olha para trás e assiste a sua arma desaparecer na escuridão. Volta a olhar para Bronco Gil, que em seguida o segura pelo pescoço e o suspende alguns poucos centímetros do chão, e nessa posição Bronco Gil fala para Melquíades:

— Enterre seus mortos.

Ao concluir, Bronco Gil solta Melquíades, que se desequilibra e cai no chão. Bronco dá meia-volta, desvia do cadáver e entra no alojamento. Melquíades apenas o observa. Sente um misto de raiva e admiração. Bronco Gil ele deixará para o final.

— Bronco. Acorda, Bronco.

Bronco Gil abre o olho e diante dele está Tomás.

— Precisamos ir.

Bronco Gil espreguiça o corpo. Sente-se parcialmente aliviado por não estar de volta à Colônia Penal. Olha ao redor. Ainda que se mova de um lado para outro, sabe que continua confinado.

Edgar, Bronco e Tomás terminam de vestir os uniformes dos soldados mortos e usam suas credenciais para prosseguir e driblar os próximos obstáculos.

— Ainda me pergunto por que estamos fazendo isso...
— diz Tomás.

— Você é o padre. Tinha que ser o primeiro a entender
— desabafa Bronco Gil. — Estão matando as pessoas, Tomás.
Não é a praga, nem o vírus, nem a besta do apocalipse.

— Os militares estão dizimando lugares como esse —
completa Edgar Wilson. — Quanto menos gente, menor o
risco de contaminação, não é isso que estão dizendo?

Tomás veste o boné camuflado e leva o charuto apagado
até o canto da boca. A fuligem ainda cai fina e suave como
flocos de neve num prenúncio de inverno.

— O que exatamente a gente pode fazer? — pergunta
Tomás, sentindo-se derrotado. — Eu sou um padre... exco-
mungado... cheio de pecados, que recolhe animais mortos
em estradas. O que eu posso fazer?

Tomás fala olhando diretamente para Edgar Wilson,
que compreende em seu íntimo a sensação de impotência
do amigo mas que ao mesmo tempo sabe que Tomás precisa
ser motivado para seguir em frente. Edgar Wilson joga um
rifle travado na direção de Tomás, que o agarra com as duas
mãos.

— Pode começar ajudando eu e o Bronco a matar uns
soldados. E, depois, tentar descobrir qual o próximo vilarejo a ser dizimado e, claro, chegar antes e evitar mais um
massacre.

— Por isso a gente precisa chegar até o Matadouro do
Milo. Ele sabe de alguma coisa, e se os corpos estão indo pra
lá... Milo tá metido nisso — completa Bronco Gil.

— Vocês planejaram isso, não foi? — questiona Tomás.

Tomás não obtém resposta e respira fundo ao acender
seu charuto e fumar em silêncio por alguns segundos. Pensa
rápido e profundamente. Diante do cenário de horror, com-

preende que por todos esses anos ele foi preparado para estar exatamente neste lugar, neste exato momento. Seu lugar definitivamente não é em uma paróquia, mas recolhendo corpos, seja de animais ou de homens. *Os propósitos do Senhor são mistérios para seus escolhidos*, pensa Tomás. Em sua cabeça somente uma frase ecoa como o som das trombetas dos mensageiros do céu... *A morte é chegada. É tempo de matar, é tempo de morrer.*

O caos é silencioso. Move-se insuspeito. Penetra pelas brechas ordinárias que ignoramos. Instala-se, e, assim como um organismo vivo, seu instinto é expandir-se, sulcando camada após camada até enraizar-se. Quando nos damos conta, ele é quem já dita as ordens e os próximos movimentos. Nem mortos, nem impotentes; estamos dominados.

É em silêncio que Edgar Wilson se move. Sua percepção do caos é mais nítida porque ambos são parecidos. O caos não se manifesta na desordem, e sim numa frequência baixa e imperceptível. Assim como os caminhos do Senhor são insondáveis e sempre imprevisíveis, o caos também é.

Edgar Wilson manobra sua caminhonete e pega de novo a estrada enquanto observa pelo espelho retrovisor Tomás dirigir o caminhão carregado de corpos a uma distância segura. Bronco Gil está sentado ao lado de Edgar Wilson e mantém um rifle ao alcance das mãos.

Ambos permanecem em silêncio, mergulhados nas trevas e no horror que testemunharam. Cada um remói à sua maneira. Cada um traça planos enquanto avançam na rodovia em direção ao Matadouro Touro do Milo.

Edgar Wilson recebe uma chamada pelo rádio comunicador, porém a recepção fraca do sinal entrecorta a mensagem.

— Aqui é a unidade quinze zero oito. Pode falar, Nete.

A tentativa de comunicação é insistente, e quando a

caminhonete atinge, minutos depois, um trecho menos montanhoso, a voz de Nete irrompe dentro do veículo.

— Edgar Wilson, qual a sua localização?

Edgar respira fundo. Seu olhar cansado e semblante pensativo não se alteram com a pergunta. Nete insiste. Edgar estica a mão e pega o rádio comunicador.

— Estou na rodovia 54 KM 18. Ao norte.

— Qual a ocorrência?

— Estou indo averiguar.

— A gente não cobre essa região, Edgar. Você sabe disso. O que tá acontecendo?

— Um imprevisto.

A estrada se afunila entre paredes montanhosas, interrompendo a comunicação com a Central. Edgar Wilson desliga o rádio comunicador. Bronco Gil desce o chapéu e desliza as costas contra o apoio do assento para acomodar-se melhor. Precisa descansar. Edgar Wilson acende um cigarro e baixa o vidro da janela. Apoia nela o cotovelo enquanto respira o ar gelado. Bronco Gil ronca profundamente. Edgar observa que Tomás segue mantendo sempre a mesma distância. À frente, nenhuma barreira militar. O caminho está livre e deserto. Edgar encara novamente o espelho retrovisor, mas ajusta-o para olhar o banco traseiro. Algo o incomoda. Um pressentimento. Uma leve pontada de aflição. Sabe que há algo errado, mas não sabe se é perigoso. Evita movimentos bruscos. Diminui a velocidade e toca a caminhonete para o acostamento. Tomás pisca o farol do caminhão. Pelo espelho retrovisor, Edgar vê Tomás sinalizar com as mãos espalmadas para o ar de forma questionadora. Bronco Gil acorda e suspende o chapéu que está sobre o rosto.

— O que foi agora? — questiona Bronco Gil desperto.

Edgar Wilson desce da caminhonete e vai até a caçamba. Suspende a lona e lá está uma menina de no máximo dez anos de idade encolhida, trêmula e faminta. Bronco Gil e Tomás descem do caminhão, aproximam-se e param do lado de Edgar Wilson. Tomás sobe na caçamba calmamente e se inclina na direção da menina.

— Ei... qual o seu nome?

Assustada, ela arregala os olhos. Seu corpo e rosto estão cobertos de fuligem e as mãos, retraídas, cobertas por bolhas de queimaduras. Tomás sente vontade de chorar.

— O meu é Tomás. Como você se chama? — fala Tomás com toda a ternura que sua alma ainda resguarda.

— Maria — ela fala baixinho.

— Como a Nossa Senhora.

A menina sorri levemente, pois sente algum conforto em ser comparada com a santa, com a mãe de Jesus, que conhece das missas de domingo da igreja do vilarejo onde morava e que agora foi consumido pelo fogo. Tomás aproxima-se mais de Maria e a segura no colo para colocá-la de pé no chão. Edgar Wilson abaixa-se e oferece água. Ela está sedenta. Engasga. Recobra o fôlego e bebe mais.

Bronco Gil abaixa-se e olha para a menina que se impressiona com seu olho de vidro.

— Cadê seus pais? Sua família...

Maria baixa os olhos. Chora baixinho quase sem forças.

— Mamãe... quero a mamãe.

Tomás pega Maria no colo e toda a fragilidade da menina cabe nos braços do ex-padre. Tomás afaga-a e ela se acalma.

— Estão todos mortos — diz Edgar Wilson olhando para Tomás e Bronco Gil. — Precisamos levar ela pra algum hospital. Precisa de cuidados.

— Eles montaram um hospital de campanha. Parece que fica a poucos quilômetros daqui — diz Bronco Gil.

Maria dorme nos braços de Tomás. Está esgotada e fraca pela fome e pela dor das queimaduras. Tomás coloca-a no colo de Bronco Gil, que aninha a menina com cuidado. Vez ou outra ela geme. Bronco retorna a caminhonete e Edgar Wilson se comunica com a Central pelo rádio. O sinal está oscilante. Entre ruídos e sons agudos como assobios, a voz de Nete surge entrecortada.

— Aqui é a unidade quinze zero oito. Nete, você está me ouvindo?

— Nete na escuta.

— Eu preciso que você verifique a localização do hospital de campanha que foi montado na área da rodovia 54 KM 18. Ao norte.

O rádio comunicador ressoa entre ruídos graves e agudos, e a resposta de Nete é picotada, impossibilitando que a informação seja compreendida. Uma voz masculina entra na transmissão, porém essa é clara e limpa. O rádio captou a transmissão de outro rádio na região.

— Capitão, estamos seguindo para o outro vilarejo — diz a voz ativa e servil.

— O ataque deve ocorrer somente à noite, quando estiverem dormindo. Esse é o protocolo — retruca o homem de fala grave e lenta.

— Entendido, senhor.

— Qual é o número da tarefa?

— Doze.

Depois de alguns segundos de silêncio, a voz grave pigarreia antes de concluir:

— Queimem tudo. Não queremos sobreviventes.

A voz de Nete encontra brecha na conexão e de modo insistente diz:

— Edgar Wilson, você tá me escutando? Câmbio...

Edgar respira fundo e pisca os olhos uma vez como se isso fosse capaz de fazê-lo regressar ao momento atual.

— Descobriu a localização, Nete?

— Você precisa sair daí, Edgar — diz Nete aflita, assoando o nariz em seguida. Sua voz nasalada revela certa constipação.

— Por quê?

— Confia em mim, Edgar Wilson. Manobre a sua unidade e volte pra cá agora.

— Você vai me dizer a localização que pedi? — diz ele, incomodado.

— Fica no KM 21. Mas não é um hospital de campanha... é um campo de morte, Edgar. Estão levando os contaminados pra lá e matando eles. Seja lá o que for, não entre naquele lugar.

— Entendido, Nete. Câmbio. Desligo.

Edgar Wilson volta a atenção para a menina nos braços de Bronco Gil. Tomás enfia o rosto na janela ao lado de Edgar e apoia-se olhando para o interior da caminhonete.

— Por que ainda estão parados aqui? — quer saber Tomás ao soltar a fumaça do seu charuto em cima de Edgar Wilson.

— Não podemos levar a menina pro hospital — diz Edgar Wilson.

— Por que não?

— Porque não é bem um hospital — conclui.

Tomás aguarda em silêncio por alguma informação complementar imaginando que não será a melhor coisa que ouvirá no dia.

— E o que é, então? — pergunta olhando para Edgar Wilson.

— Um campo de morte. Estão levando os contaminados pra lá pra matar. Não vão curar ninguém.

Tomás recua alguns passos com o charuto preso no canto da boca. Parado no meio da estrada, ele olha de um lado a outro. Edgar Wilson observa o amigo levemente atordoado balbuciar para si mesmo algumas palavras. Uma prece, talvez. Ou uma maldição. Refaz os passos e apoia-se novamente à janela.

— Conheço um lugar seguro pra deixar a menina. Eu vou na caminhonete e você dirige o caminhão — ordena Tomás.

Edgar Wilson abre a porta e desce em concordância sem dizer uma palavra. Deixa que Tomás os guie, porque, assim como o bom pastor guia as suas ovelhas pelas veredas da justiça e do desconhecido, Tomás haveria de guiá-los pelas rotas da incerteza na esperança de salvar ao menos uma vida, entendendo que o horror que os atinge, atinge a todos. Que o tempo de matar e de morrer se alinha ao tempo de deixar a si mesmo. Toda esperança, toda palavra escrita, tudo o que já foi proferido... o que importa é manter-se no fluxo contínuo da vida até que ela se extinga. Até que todos nós venhamos a morrer.

Tomás dá a partida na caminhonete e avança pela estrada seguido por Edgar Wilson no caminhão. Tomás olha para a menina nos braços de Bronco Gil e isso lhe fustiga a alma, deixa seus olhos marejados e amolece seu coração por alguns minutos. Bronco Gil, por sua vez, carrega Maria nos braços com o coração sobressaltado de compaixão e ódio. Chorar, já não sabe mais, porém em sua alma urge um desespero que para seu próprio bem o resto do mundo não pode enxergar. Suas dores são carregadas em silêncio.

Assim, os três homens avançam pela estrada tentando conter o horror de um iminente apocalipse que se não se consumar pela ira dos céus, inevitavelmente se consumará pela ira dos homens.

8

A Teoria do Caos afirma que pequenas ações que aparentemente soam banais têm o poder de causar grandes e irreversíveis mudanças no futuro. Uma pequena alteração no início ou no decorrer de um determinado evento pode ter consequências imprevisíveis e fora de controle. Na mitologia grega, o Caos é o primeiro deus a surgir no universo, a mais antiga consciência divina. Ele a tudo precede: seja a homens, seja a possíveis realidades existentes. Ele é o vazio infinito, que separa o princípio e tudo o que há agora.

Tomás liga o rádio da caminhonete e tenta sintonizar em alguma estação, mas a recepção do sinal é fraca. Desde o início da epidemia, apenas duas estações de rádio ainda funcionam na região. Na maior parte do tempo tocam músicas e as notícias diárias tentam despistar o que de fato ocorre.

Nos braços de Bronco Gil, a menina dorme, sentindo-se protegida. Suspira e solta uns gemidinhos vez ou outra.

— Acha que o Milo tá metido nisso tudo?

— De alguma forma, ele está — responde Bronco Gil.
— A gente só vai entender quando chegar lá.

Tomás sinaliza e entra à esquerda. Edgar Wilson faz a curva com cuidado e pegam uma estrada de terra, uma espécie de atalho, sem placas de sinalização nem acostamento. Chacoalham por quinze minutos até pararem em frente a uma pequena igreja cercada por um muro baixo, com duas casas nos fundos e um quintal na lateral. Estacionado em frente à igreja, há um pequeno trator que costuma ser usado pelo padre local e pelas freiras para se locomoverem. Acoplado ao trator há um vagonete de ferro para transportar diversos objetos.

Tomás desce da caminhonete, seguido por Bronco Gil, que carrega a menina nos braços, e vai ao encontro de Edgar Wilson.

— Quem cuida dessa paróquia é um padre amigo meu. Acho melhor a gente não dar muitos detalhes do que temos visto por aí, entenderam? — enfatiza Tomás.

Bronco Gil e Edgar Wilson não respondem e seguem Tomás até o outro lado do portãozinho destrancado. Vão direto para os fundos da igreja e no caminho uma freira vem ao encontro de Tomás, com um sorriso de alívio e satisfação.

— Que Deus seja louvado! — diz a freira. — Quanto tempo, padre Tomás.

— Nem tão mais padre assim, irmã Bernadete.

Irmã Bernadete olha para a menina nos braços de Bronco Gil.

— Esses são Edgar e Bronco. A menina precisa de cuidados. Quase morreu num incêndio. Não temos pra onde levá-la.

— Fez bem em trazê-la pra cá.

O som de um helicóptero soa ao longe e irmã Bernadete

visivelmente atemorizada os conduz para dentro de uma das casas enquanto espia o céu. A porta é fechada e trancada ao passarem. A casa é grande e abriga três freiras e o padre Antoine. Ao encontro de irmã Bernadete, outra freira entra na sala e põe-se aflita ao ver os homens e a menina doente.

— Irmã Helena, a menina precisa de cuidados.

— Ai meu Deus, padre Tomás! Quanto tempo!

— Irmã Helena, como vai?

— Sua bênção, padre.

— Deus te abençoe, irmã.

— A menina sobreviveu a um incêndio. Está queimada, faminta e respira com dificuldade. Se chama Maria — explica Tomás.

Irmã Helena pega Maria nos braços. O corpinho frágil e machucado da menina cabe nos braços roliços da freira, que imediatamente vai para o interior da casa.

— Vocês devem estar famintos. Eu estava colocando a mesa do almoço.

— Por favor, irmã, não queremos causar nenhum incômodo. Viemos só por causa da menina — diz Tomás.

— Imagina, padre. O senhor e seus amigos vão cear com a gente.

Padre Antoine caminha devagar conduzido por um charuto recém-aceso na boca e pela barriga grande e protuberante que o faz permanecer sempre a alguns bons centímetros de distância de qualquer pessoa.

— Só mesmo um fim do mundo pra fazer você vir até aqui! — exclama padre Antoine enquanto se aproxima de Tomás.

Eles se cumprimentam com certa distância.

— Sejam bem-vindos à minha casa — padre Antoine diz para Edgar e Bronco. — Vocês ficam pro almoço. Temos bastante comida... ainda. Vai ser bom conversar um pouco. Talvez vocês me ajudem a entender com o que estamos lidando.

Edgar, Tomás e Bronco se entreolham.

— Não quero parecer bisbilhoteiro, mas vi que vocês estão dirigindo um caminhão militar. Aliás, é o que mais tenho visto por essas bandas nos últimos dias. E vocês, filhos, desculpe a sinceridade, não se parecem com soldados. Então, enquanto a gente come e bebe, vocês vão me contar o que está acontecendo.

No centro da mesa um leitãozinho assado destaca-se suculento com a pele crocante acompanhado de arroz, batatas com alecrim, farofa de ovos e um molho espesso levemente adocicado. No centro da sala de jantar, Cristo, crucificado, destaca-se ensanguentado e extenuado ainda vivo com os olhos semicerrados rodeado por outros santos pendurados à parede em pinturas a óleo. Todos mortos em carne. Todos vivos em espírito.

À mesa estão padre Antoine, Edgar Wilson, Tomás, Bronco Gil, irmã Bernadete e irmã Helena. A terceira freira permaneceu cuidando de Maria e decidiu almoçar mais tarde.

Edgar Wilson não come porcos. De todos os animais com os quais lidou e matou, é com os porcos que mais se afeiçoou. Diante do impasse na hora de servi-lo, irmã Bernadete oferece a ele um pouco da carne assada que sobrou da janta da noite anterior. Edgar aceita e saboreia sozinho alguns pedaços de gado enquanto o leitãozinho vai sendo devorado gradativamente por todos os outros e deixando de existir imperioso à mesa.

Devorar os que devoram, pensa Edgar Wilson enquanto

mastiga um pedaço de carne assada misturada com farofa. Padre Antoine fala sobre amenidades religiosas enquanto Tomás lhe faz companhia ao retrucar algumas de suas conjecturas. Bronco Gil, por sua vez, come avidamente sem tirar o olho da comida, saboreando cada garfada, sorvendo cada gole do vinho em sua taça, servido gentilmente em boas-vindas.

Padre Antoine dá um generoso gole na sua taça de vinho e serve-se de um pouco mais da bebida. Com os antebraços apoiados sobre a mesa, ele respira fundo, como se isso ajudasse a assentar a comida no estômago. O vinho deixa suas bochechas afogueadas e seus olhos marejados.

— Vocês vão me dizer o que estão transportando naquele caminhão?

Os três homens continuam mastigando suas comidas, apreciando cada instante, como se estivessem na última ceia, reunidos, celebrando a vida que ainda lhes resta, preparando-se para o que em breve virá.

Irmã Bernadete e irmã Helena mastigam suavemente enquanto observam os homens comerem deliciados, adiando qualquer tipo de resposta imediata, como se entre uma garfada e outra pudessem elaborar a melhor resposta. Tomás termina de mastigar e continua olhando para o prato. Edgar Wilson imagina ser mais prudente que Tomás responda à pergunta, porém este não o faz.

— Mortos — responde Bronco Gil ainda com a boca cheia. — Acho que tem uma centena deles.

Irmã Bernadete larga os talheres no prato. Irmã Helena engole um pedaço do leitãozinho. Padre Antoine olha para Tomás aguardando uma justificativa.

— É verdade. Estamos transportando corpos — completa Tomás ao suspender os olhos e encarar padre Antoine.

— Pra onde estão levando eles? — quer saber o padre.

— Pra um matadouro — responde Edgar Wilson. — Estão dando fim aos corpos.

— Pelo amor de Deus, quem são essas pessoas? — questiona irmã Bernadete.

— Infectados — diz Edgar Wilson.

— Estão incendiando os vilarejos, os municípios pequenos... — continua Bronco Gil.

— A outra parte eles estão confinando num campo de isolamento, mas que na verdade é um campo de morte. Estão matando as pessoas lá — conclui Edgar Wilson depois de beber o último gole de vinho em sua taça.

Irmã Helena segura o choro, levanta-se da mesa sem pedir licença e caminha apressada até desaparecer das vistas dos homens, rumo ao interior da casa. Irmã Bernadete segura o crucifixo pendurado ao pescoço e balbucia algumas palavras de misericórdia.

— Resgatamos a menina de um incêndio em um vilarejo. Destruíram o lugar — diz Tomás em voz baixa, combalido pela dor na alma.

— O que vocês pretendem fazer? — pergunta padre Antoine.

— Impedi-los — responde Tomás.

— Mas vocês podem morrer... — diz irmã Bernadete.

Não há resposta, mas no silêncio subentende-se resignação.

— Como pretendem fazer isso? — fala padre Antoine.

Tomás, Edgar e Bronco entreolham-se antes de levantar da mesa e caminhar até os veículos.

Tomás abre a porta da caminhonete e suspende o banco traseiro expondo o armamento que transportam. Padre Antoine observa por alguns segundos as armas assentadas sob o banco.

— Lamento não poder ir com vocês — diz padre Antoine. — Esperei a vida toda pelo fim do mundo, pela volta de Cristo e, claro, pelo Anticristo. Me preparei em orações, mas parece que rezar de nada adianta agora.

Padre Antoine remói seus pensamentos em silêncio. Afasta-se alguns passos e olha para o céu quando um helicóptero sobrevoa a região. Sua expressão de temor é palpável. Seus dias de aflição têm se multiplicado.

— Vocês são como o rei Davi. Um homem sanguíneo. Feito para a guerra e para a espada. Curiosamente, Davi era considerado um homem segundo o coração de Deus. Sempre me questionei a respeito dessa afirmação.

Padre Antoine se cala antes de concluir sob os olhares dos três homens. Volta-se para eles:

— As guerras são dos homens, mas Deus sempre esteve à frente dos soldados.

Ao concluir, padre Antoine murmura para si uma prece e faz o sinal da cruz na testa de Edgar Wilson, em seguida na de Bronco Gil e Tomás.

— Vocês são homens de sangue. Já mataram. Conhecem a maldade. Vou rezar por vocês.

Padre Antoine vai até o arsenal de armas e as benze.

— Que não falte coragem nem munição.

Por fim, padre Antoine, cabisbaixo, atravessa o portão e retorna para dentro da casa sem dizer mais nenhuma palavra, sem olhar para trás. Outro helicóptero sobrevoa o céu seguindo o rastro do anterior. Edgar Wilson gira sobre os calcanhares farejando o cheiro de querosene. Talvez venha do céu, talvez da terra. A morte está em toda parte, espalhada sobre o chão, escondida em rachaduras. Não há quem possa impedi-la nem desviar-se dela. A morte escolhe seus oponentes, ela conhece aqueles que a perseguem, que andam no seu encalço. São esses homens de sangue e de guerra, como Edgar, Bronco e Tomás; que adentram as profundezas das trevas sobre a terra, que matam para fazer viver, que vivem para morrer todos os dias, como os santos beatificados em espírito, como os santos mortificados em carne.

9

Edgar Wilson dirige o caminhão militar e Bronco Gil permanece sentado ao seu lado. Tomás vai na frente, dirigindo a caminhonete, rumo ao Matadouro do Milo. A placa de sinalização desbotada indica a proximidade do local. O cheiro dos corpos amontoados no baú do caminhão começa a se tornar insuportável devido aos líquidos putrefatos que começam a se acumular dentro do baú.

Depois da curva, a blitz militar os faz reduzir a velocidade até parar. Um dos soldados caminha até Edgar Wilson, sobe a escadinha da porta e se debruça na janela do caminhão para coletar informações.

— Boa tarde. Os senhores estão transportando o quê?

— Boa tarde, soldado. São corpos.

— Estão levando pra onde?

— Matadouro Touro do Milo. Temos que deixar lá.

O soldado se desprende da janela do caminhão e desce a escadinha. Verifica alguns papéis presos numa prancheta e desliza a ponta do dedo indicador até a última linha. Dá meia-volta e verifica a placa do caminhão. Coça a cabeça e retorna à janela ao lado de Edgar Wilson, que continua em silêncio.

— O caminhão confere, mas já deveriam ter chegado.

— Viemos o mais rápido possível.

O soldado encara Bronco Gil sentado na outra ponta, ao lado de Edgar.

— Quem mandou vocês?

— Foi o Capitão.

— Qual Capitão?

— Tudo o que sei é que estamos executando a tarefa doze.

O soldado assente em reconhecimento à resposta de Edgar Wilson. Entende o que significa tarefa doze. Tudo o que Edgar faz é manter-se firme.

— E a caminhonete que está acompanhando vocês?

— Está com a gente.

— Tudo certo, senhores. Podem passar. Sigam direto por essa rota e vão sair lá no matadouro.

O soldado faz um aceno amistoso com a cabeça consentindo a passagem do caminhão e da caminhonete. Recua até pisar de novo no chão. Edgar Wilson acena sutilmente a cabeça e arranca com o caminhão seguido por Tomás na caminhonete.

Em qualquer outro momento das suas vidas, eles seriam parados e presos por estarem transportando uma centena de corpos. Mas hoje é diferente. Possuem licença para passar justamente por estarem conduzindo os mortos para um destino que relutam em acreditar, mas que começa a se concretizar conforme avançam pela estrada e veem no horizonte a densa fumaça preta subindo ao céu e dissipando-se antes que possa tocar a nuvem mais alta.

A fuligem miúda que se espalha no ar lembra flocos de neve caindo com a chegada do inverno. Apesar do frio, aqui não há neve. Nunca houve. A beleza que o vento espalha simulando um inverno rigoroso carrega o cheiro dos ossos e das vísceras incinerados.

Bronco Gil estica o braço para fora da janela e com a palma da mão tenta segurar um pouco da fuligem. Quando ela toca em sua mão, ele a recolhe para dentro do caminhão novamente e a observa por instantes. Com a ponta do dedo da outra mão ele espalha a fuligem delicada e que pode ser de qualquer coisa, de qualquer um.

— Edgar, você consegue perceber a diferença? — pergunta Bronco Gil.

Edgar Wilson, mergulhado em seu silêncio habitual, pisca os olhos como se despertasse. Olha para Bronco Gil por um breve instante e volta a atenção à estrada a sua frente. Puxa o ar com força e solta-o em seguida.

— O cheiro da carne humana incinerada fede mais.

Bronco Gil remói por alguns instantes a resposta de Edgar Wilson. Seu olho bom move-se de um lado para outro enquanto pensa, e o outro olho, o de vidro, estático, olha fixamente para a frente.

— Como você sabe disso, Edgar?

Edgar Wilson não diz nada, apenas continua olhando para a estrada e respirando o ar que entra pela janela. O ar frio carregado de um cheiro ardido e imundo. Edgar sempre distinguiu os humanos dos animais. Até na hora da cremação. Talvez seja alguma obscuridade na carne, alguma mácula podre que torna os homens mais ardidos, mais azedos e fétidos quando entram em combustão. O fogo destrói e purifica. Seja a carne, seja o espírito.

— Por um ano trabalhei num crematório em Abalurdes.

Eu cremava os mortos. Com o tempo você se acostuma com o cheiro, mas nunca mais se esquece dele.

Edgar Wilson acende um cigarro e não diz mais nada sobre o assunto. Bronco Gil puxa o chapéu até o meio da testa, desliza o corpo no banco do carona e tira um cochilo. O cheiro dos mortos embala-os como uma invisível nuvem pestilenta. Seja dos mortos que transportam no caminhão, seja dos mortos em forma de fuligem que se espalham pelo ar trazidos pelo vento.

Edgar Wilson cutuca Bronco Gil quando avista o portão de entrada do Matadouro Touro do Milo. A placa ainda mais desgastada e a porteira empenada continuam como se lembram. Pouca coisa ou quase nada mudou por aqui. As fuligens das cremações tornam-se mais volumosas devido à proximidade e o céu sobre suas cabeças mais escuro por causa da espessa nuvem de mortos que o acoberta.

Edgar segue pelo caminho que já conhece e dirige até o pátio onde ele mesmo tantas vezes aguardava o carregamento de gado chegar para ser abatido. Era ali que a triagem era feita. O bom gado era levado para um curral, alimentado e lavado. Os mais enfraquecidos eram levados para outro curral onde eram alimentados e tratados. Se recuperados, eram abatidos para o consumo; se doentes e embotados, porém, eram sacrificados e descartados. Os que chegavam mortos eram levados para o incinerador.

Não era função de Edgar Wilson, mas sim de Bronco Gil, receber e triar o gado. Edgar se encarregava de abatê-lo, mas, quando era preciso, ele era capaz de fazer a recepção e a triagem.

Há dois caminhões semelhantes ao que eles dirigem estacionados no pátio do matadouro. Edgar Wilson para o caminhão e Tomás manobra a caminhonete a certa distância até estacioná-la. Desce fumando o charuto e ajeitando o chapéu. Observa o local. Edgar Wilson e Bronco Gil saem do caminhão e esticam as pernas antes de trocarem qualquer palavra entre si. Contemplam por instantes a única paisagem que os cercou por anos. Tudo permanece praticamente como antes, com exceção dos mugidos que não se ouve mais do curral. Há um silêncio permanente e o local está deserto. Não fosse pelos caminhões estacionados no pátio, afirmariam que o local está abandonado.

— Ainda lembra como se chega ao escritório do Milo? — pergunta Bronco Gil.

Edgar Wilson caminha até entrar no prédio do matadouro. Segue pelo mesmo corredor que anos atrás percorria diariamente, passando por salas fétidas desde o setor de desossa e bucharia até o pequeno e amontoado escritório de Milo. Tomás e Bronco seguem seus passos e, conforme avançam, apenas o eco seco e agudo das suas botas tocando o piso pode ser ouvido. A porta do escritório de Milo está entreaberta e Edgar Wilson dá um leve toque e aguarda por uns instantes alguma resposta vinda do lado de dentro. Edgar empurra a porta e o escritório está vazio, porém atulhado de papéis e pastas.

Uma tosse seca como que para se livrar de um pigarro vem do fim do corredor. Edgar Wilson gira o corpo devagar na direção do som. Tomás e Bronco Gil aguardam parados lado a lado o som da tosse se aproximar. Milo desponta no fundo do corredor, com uma toalhinha encardida para secar o suor pendurada no ombro e seu habitual ar de preocupação que o faz parecer aborrecido o tempo todo, deixando as veias saltadas e os dentes trincados. Seu caminhar é ainda mais vagaroso com os quilos a mais que acumulou nos últimos anos.

Milo assusta-se ao ver diante de si Edgar e Bronco, seus ex-funcionários de confiança. Sente uma pontada no peito. Apesar de terem sido seus melhores funcionários, foram os homens mais sanguinários que já conheceu. Milo instintivamente leva a mão à parte de trás da cintura e constata que sua arma ficou dentro do escritório. Vive acuado desde que transformou seu matadouro de gado em coisa pior. Tudo o que pode fazer é fingir tranquilidade e manter o ritmo de seus passos.

— Edgar Wilson e Bronco Gil. Que surpresa ter vocês aqui! — diz Milo afetando naturalidade.

— Como vai, seu Milo? Viemos falar com o senhor.

Milo dá mais alguns passos lentos, porém firmes, e para diante dos três homens.

— Imagino que deve ser muito importante pra vocês voltarem até esse fim de mundo.

Milo vira-se para entrar em seu escritório. Edgar, Bronco e Tomás o seguem. Milo vai para trás de sua mesa e acomoda-se em sua velha cadeira. Os três homens espremem-se como podem diante de Milo.

— Vocês podem se sentar... — Milo indica uma cadeira num canto da sala e Bronco Gil a puxa para si, enquanto Edgar e Tomás permanecem em pé.

— Então, como posso ajudar vocês?

— Nós viemos trazer um carregamento — diz Bronco Gil.

— Um carregamento?

Milo está um tanto pensativo, observa os três homens, descansando por fim seus olhos em Tomás, o único que não conhece.

— O que seria esse carregamento?

— O senhor deve saber... estamos dirigindo um caminhão militar — responde Edgar Wilson.

88

Milo arqueia as sobrancelhas. Mantém-se em silêncio por alguns instantes.

— Ah sim... vocês foram recrutados — conclui Milo depois de pensar por breves segundos. — Bem, eu já tenho dois caminhões que acabaram de ser descarregados. Vocês precisam descarregar tudo lá no galpão.

— Lá onde fica o incinerador? — questiona Edgar Wilson.

— Isso mesmo, Edgar. Você se lembra onde era?

— Sim, senhor.

— Onde está todo o gado, seu Milo? — fala Bronco Gil.

— Depois de tudo o que aconteceu aqui naquela época... o gado começou a adoecer. Boa parte eu tive que sacrificar. A outra parte eu vendi. Só abatia o gado quando algum criador me mandava uma remessa. Mas acho que uma praga se estendeu por toda essa região. Todos os criadores de gado faliram.

— O que houve com o gado, seu Milo? — pergunta Tomás, em seguida percebendo que ainda não se apresentou formalmente. — Desculpa, não fomos apresentados. Eu me chamo Tomás.

— Ele é padre. Trabalhamos juntos — diz Edgar Wilson.

— Padre?

— Sou ex-padre. Trabalho recolhendo animais mortos nas estradas.

— Como vocês foram recrutados? — Milo quer saber.

— Precisam de mão de obra — diz Bronco Gil.

— Estou falido, cheio de dívidas. Foi a única luz que apareceu — justifica-se Milo. — Mas acho que não devo nenhuma satisfação a vocês. — Milo olha para Tomás e se retrata.
— Com todo o respeito, padre, sem querer ser indelicado.

— Não viemos aqui pra julgar o senhor, mas estamos

buscando respostas para o que está acontecendo. Vilarejos inteiros estão sendo destruídos, milhares de pessoas estão sendo executadas nos campos de isolamento e trazidas pra serem incineradas aqui — diz Tomás num tom de voz baixo e ponderado.

Milo baixa a cabeça e engole em seco. É um homem religioso e temente a Deus à sua maneira. Tomás carrega em sua alma a vocação religiosa e seu olhar é o de um homem santo, com todas as suas dores e seus tormentos.

— No início me disseram que os crematórios e os cemitérios não estavam dando conta de todos os corpos. Vieram até mim e pediram pra eu alugar meu incinerador porque o número de vítimas da epidemia está insustentável. — Seu Milo inquieta-se atrás da mesa. Está suando. Seca o rosto com a toalhinha encardida que traz sobre o ombro. — Vocês se importam de continuar essa conversa lá fora?

Milo enche uma xícara de café e dá alguns passos observando as montanhas ao redor e a vastidão do seu matadouro. Volta-se para os três homens que fumam e bebem café cada um posicionado à sua maneira, esperando que Milo continue a narrar o que começou no escritório.

— No início eu queria ajudar. Se não os vivos, ao menos os mortos. Aluguei o incinerador e o galpão, dei todo o suporte necessário e foi então que percebi que os caminhões com os mortos não paravam de chegar. Eles chegam dia e noite.

Milo faz uma pausa. Dá mais um gole em seu café ainda quente.

— Até que um dia eu vi no meio da pilha de corpos um velho que ainda se mexia. Dava pra ouvir ele gemendo. Fui na direção dele, mas um dos soldados deu dois passos à minha frente e disparou na cabeça do velho. Nem pensou em salvar o velho, nem se espantou dele estar vivo. Puxou a arma e matou ele ali, bem na minha frente. Olhou pra mim como se eu compactuasse com aquilo e colocou a arma de volta na cintura. Ali eu entendi o que estava acontecendo. E, claro, entendi também que não podia voltar atrás.

Os três homens, consternados, observam Milo.

— Seu Milo, o senhor sabe de onde vêm os próximos corpos? — questiona Edgar Wilson.

— Eles não me contam muita coisa, mas eu escuto o máximo que posso. Estão planejando trazer uma leva de cadáveres amanhã cedo. Eu vi dois helicópteros passarem antes de vocês chegarem.

— Devem estar planejando destruir o vilarejo que fica a poucos quilômetros daqui — especula Bronco Gil.

— Se a gente se apressar, chegamos antes deles — diz Tomás.

— Vocês me enganaram, não é? Não foram recrutados — diz Milo. — Por que vocês estão metidos nisso?

— Porque somos homens de sangue, seu Milo — diz Tomás.

— Pensei que o senhor fosse um homem de fé — questiona Milo.

— Também sou. Mas a minha fé não me impede de ser quem eu sou — responde Tomás, que em seguida se cala e olha fixo para seu Milo, um homem visivelmente confuso e abalado. Tomás entende que precisa concluir seus pensamentos e diz: — O caráter precede a fé.

Milo não diz mais nenhuma palavra. Tomás, Edgar e Bronco descarregam o caminhão com a centena de corpos. Não contabilizam, mas são muitos homens, mulheres e crianças. No meio, há um ou dois cães.

Deixam o caminhão estacionado no matadouro e entram

na caminhonete, agora dirigida por Edgar Wilson. Seu Milo debruça-se na janela e encara Tomás com os olhos ardidos de lágrimas.

— Padre, eu sei que vou arder no inferno, mas o senhor pode me abençoar?

Tomás faz o sinal da cruz na testa de Milo e balbucia uma prece de olhos fechados. Milo por fim chora e, com o rosto banhado em lágrimas e suor, abre um sorriso leve e agradecido quando Tomás termina. Pega a mão de Tomás e a beija com fervor, como quem se despede. Edgar Wilson arranca com a caminhonete e a poeira levantada pelos pneus encobre Milo e faz desaparecer tudo o que está atrás de si.

10

Quando partiam para a guerra, os soldados repartiam as sobras da batalha, os bens conquistados com a vitória sobre o adversário. Eram os espólios de guerra. Fosse ouro, fossem armas. Até mesmo mulheres e gado. São esses os tributos dos homens de guerra. Assim era ordenado pelo Senhor que os homens que pelejavam em Seu nome, quando vitoriosos, deveriam repartir os bens conquistados na batalha travada consigo. *De cada quinhentos uma alma*; tanto dos homens como dos bois, dos jumentos e das ovelhas. Tudo era repartido com o Senhor. A alma de homens, de bois, de jumentos e ovelhas. Tudo que era repartido deveria ser sacrificado. Com o sangue derramado em combate, também se derrama sangue em reverência a Deus, tornando sagrados o combate, os espólios e a guerra.

Edgar Wilson, assim como Bronco Gil, está habituado ao calor, à poeira, às moscas, ao sangue e à morte. É nisto que consiste um matadouro. Mata-se. Para Edgar Wilson, além de matar, importava encomendar a alma de cada ruminante que abatia. Edgar acredita que eles possuem uma e que dará conta de cada uma delas quando morrer. De cada quinhentos uma alma. Era esse seu tributo ao Senhor, pois sempre foi um homem de sangue, e homens de sangue estão destinados à guerra, seja pela vontade, seja pela necessidade.

O percurso até o vilarejo seguinte é esburacado porque a rodovia não os leva direto para lá. A sinalização é precária como em todas as partes dessa região. Ainda seguem pela estrada asfaltada quando percebem uma nuvem densa no horizonte cobrindo uma planície desolada. Quanto mais avançam, mais a nuvem aumenta.

— Aquela nuvem parece estar se movendo — comenta Tomás.

Bronco Gil, sentado no banco de trás da caminhonete, inclina o corpo para a frente e firma seu olho bom para mirar a nuvem.

— Não é uma nuvem — diz Bronco Gil.

— Seja lá o que for, está vindo na nossa direção — retruca Tomás.

Edgar Wilson mantém a velocidade da caminhonete e os três homens fixam a atenção no que está a sua frente.

— Fechem os vidros! — ordena Edgar Wilson.

O primeiro gafanhoto bate contra o para-brisa da caminhonete e Tomás observa o inseto por alguns segundos antes de fazer o sinal da cruz sobre o peito. A densa nuvem formada por milhares de gafanhotos envolve a caminhonete. Edgar Wilson para no acostamento e teme que algum carro possa bater, pois não é possível ver nada além dos diminutos corpos enérgicos chocando-se entre si. A fúria dos insetos balança a caminhonete. Não é possível se deslocar. Não é possível reagir. Os homens permanecem em silêncio por algum tempo, admirados e aterrorizados.

— Devem estar famintos — comenta Bronco Gil.

— Devem ter vindo do outro lado da fronteira — completa Edgar Wilson.

— Ou do céu — fala Tomás.

Edgar Wilson e Bronco Gil esperam Tomás concluir seus pensamentos em voz alta, já que, exausto, rumina em silêncio. O barulho provocado pelos gafanhotos é estridente e ecoa dentro da caminhonete. Aguardam a nuvem passar para que possam prosseguir viagem.

— Se eu fechar os céus, e não houver chuva; ou se ordenar aos gafanhotos que consumam a terra; ou se enviar a peste entre o meu povo... — finalmente murmura Tomás.

— Essa é a ira de Deus? — questiona Edgar Wilson.

— Ainda não, Edgar — responde Tomás. — Ainda resta alguma misericórdia.

— E quando não houver mais misericórdia? — quer saber Bronco Gil.

— Só restará a escuridão — completa Tomás segundos antes de sentir o solo estremecer.

Um barulho estridente corta o céu e mistura-se ao agudo estridular dos gafanhotos. Um avião monomotor cai próximo de onde estão. A aeronave se incendeia, mas não explode. Os três homens saem da caminhonete e atravessam a nuvem de gafanhotos num impulso, protegendo o rosto com as mãos, cobertos pelos insetos. Chegam rapidamente até a aeronave e tentam abrir a porta, que está emperrada. Bronco Gil golpeia a porta do monomotor que emperrou na queda, e consegue destravá-la depois de alguns minutos. O combustível se espalha pelo chão. Edgar Wilson retira uma mulher desmaiada do lado do piloto. Bronco Gil tenta retirar o piloto, que está preso às ferragens e ainda acordado. O homem tenta dizer algumas palavras, está sufocado e engasgado com o próprio sangue. Bronco Gil aproxima o ouvido direito da boca do homem. Ele diz algumas palavras que só Bronco pôde escutar.

— Vai explodir. Não dá tempo — diz Tomás puxando Bronco Gil pelo braço segundos antes de a aeronave explodir. Eles se protegem atrás da caminhonete e o fogo que toma conta do céu lambe dezenas de gafanhotos, que caem ao chão, esturricados. A mulher nos braços de Edgar Wilson não tem pulsação. Possui algumas fraturas e não respira mais. O fogo da explosão é insistente. Permanecerá ardendo contra o solo por horas. A nuvem de gafanhotos começa a se dissipar. Os homens colocam a mulher morta às margens da estrada, com as mãos juntas ao peito, e Tomás fecha os olhos do cadáver enquanto pede por sua alma.

Retornam à caminhonete e acomodam-se em seus assentos. Bebem água. Acendem seus cigarros e charutos. Respiram em silêncio contemplando o fogo da explosão e a nuvem de gafanhotos que se tornou menos densa nos últimos minutos. Recuperam-se antes de prosseguir viagem.

— Tive a impressão de que o piloto disse alguma coisa… — Tomás interrompe o silêncio ao questionar Bronco Gil.

— Ele disse — responde Bronco.

Tomás não insiste em saber o que foi. Edgar Wilson permanece quieto, apenas escuta o breve diálogo enquanto termina de fumar seu cigarro. Dá a partida na caminhonete. Pelo espelho retrovisor: os gafanhotos, o fogo e a morte.

Depois de dirigirem por trinta minutos, exauridos e sedentos, avistam uma parada de viajantes. Edgar Wilson manobra a caminhonete e estaciona no pátio do restaurante. Ao lado dele para um jipe militar, e os homens armados riem e conversam sem se importar com quem está por perto. Edgar, Bronco e Tomás esperam que os soldados entrem no restaurante para que possam sair da caminhonete e seguir para o mesmo lugar.

Minutos depois, Edgar, Bronco e Tomás atravessam a porta do restaurante. Os militares sentados à mesa cumprimentam-nos com um aceno de cabeça. Imaginam serem eles alguns dos seus. Os três homens vão para o banheiro. Precisam se recompor. Lavam o rosto, bebem água direto da torneira e usam o mictório. A porta do banheiro se abre e um dos militares, o mais velho deles, entra.

— Boa tarde, soldados — diz o homem.

Edgar Wilson reconhece a voz lenta e grave que captou pelo rádio comunicador da caminhonete. É o capitão.

— Acabei de ver um clarão quando seguia pra cá. Sabem de alguma coisa? — pergunta o homem enquanto abre a braguilha e mija no mictório. Edgar, Bronco e Tomás entreolham-se, temerosos.

— Foi uma explosão provocada pela queda de um monomotor — diz Tomás.

— Civil?

— Sim, senhor.

O homem termina de usar o mictório, fecha a braguilha e lava as mãos na pia.

— Vocês devem ter sido recrutados...

— Fomos sim.

— Para o que foram escalados?

O silêncio prolongado na resposta incomoda o capitão. Ele observa mais atentamente os três homens a sua frente.

— Fazemos o que mandam a gente fazer — diz Edgar Wilson. — Estamos aqui pra servir.

— Recolhemos os mortos. Executamos todo tipo de tarefa — fala Bronco Gil.

O capitão recua um passo, sondando-os sutilmente.

— Inclusive a tarefa doze — diz Tomás olhando firme para o capitão.

— Tarefa doze... bem, imagino que estão tendo muito trabalho. Qual a próxima parada, soldados?

— Um vilarejo aqui perto. Pediram pra não deixar rastros — diz Bronco Gil.

— Muito bem... se me dão licença. — O capitão dá meia-volta e sai por onde entrou. Edgar, Bronco e Tomás aguardam um pouco antes de sair e, quando chegam ao salão do restaurante, podem ver pela janela de vidro o jipe com o capitão dando ré e indo embora.

Apressam os passos e entram na caminhonete. Edgar Wilson manobra o veículo e coloca os pneus sobre o asfalto da estrada o quanto antes, seguindo na mesma direção que o capitão em seu jipe.

— Acha que eles estão indo para o vilarejo? — questiona Tomás.

— De acordo com o mapa, fica naquela direção — responde Edgar Wilson.

— Mas a ordem é que o ataque seja à noite... ainda vai demorar pra anoitecer — fala Edgar Wilson.

— Vocês conseguem ver o jipe? — pergunta Bronco Gil sentado no banco traseiro da caminhonete.

— Não — responde Edgar.

— Mas eles estão nessa estrada. Ainda não teve nenhuma saída — completa Tomás.

Edgar Wilson liga o rádio da caminhonete e sintoniza numa rádio qualquer. A voz profunda com entonação dramática diz: "Eis que vem o dia do Senhor, horrendo, com furor e ira ardente, para pôr a terra em assolação, e dela destruir os pecadores".

Tomás estica o braço e desliga o rádio.

— Chega disso.

Edgar Wilson permanece com os olhos deitados sobre a estrada, dirigindo na esperança de estar no encalço do jipe com o capitão. A cada curva, imagina que o verá à distância, mas, depois de vinte minutos sem nenhum outro veículo no caminho, ele começa a se incomodar. Prefere ficar em silêncio, não questionar seus próprios pensamentos em voz alta. Talvez seus companheiros estejam vivendo da mesma condição, da mesma angústia que sobrevém quando os instintos estão aguçados e tangenciam o medo sobrepondo a razão.

— Estamos ficando sem combustível — diz Edgar Wilson.

— Aquela placa lá atrás dizia que há um posto de gasolina logo à frente — fala Tomás.

Bronco Gil com a ponta do dedo delineia o mapa.

— Acho que já passamos o vilarejo — diz Bronco.

— Não, Bronco. Ainda faltam uns cinco quilômetros pra chegar — contesta Edgar Wilson.

— Esse mapa é novo. É de depois da construção da rodovia. Eles deixaram alguns vilarejos de fora — insiste Bronco Gil.

Edgar Wilson pega o mapa rodoviário e mantém um olho no mapa e outro na estrada. Avista o posto de gasolina e freia a caminhonete quando chega a uma das bombas de combustível. Edgar estuda o mapa e olha para Bronco Gil pelo espelho retrovisor.

— Tem certeza disso? — pergunta Edgar Wilson.

Bronco Gil acena positivamente com a cabeça.

Edgar Wilson verifica outras rotas e isso lhe causa espanto. Abre a porta e desce da caminhonete. Acende um cigarro e observa a estrada de uma ponta a outra. Bronco

Gil e Tomás descem da caminhonete e esticam as pernas, sondando o posto de gasolina aparentemente deserto.

Os três homens entram na pequena loja de conveniência e chamam por algum funcionário, mas não há resposta. Vão até os fundos do posto, onde fica o banheiro para viajantes, e não encontram ninguém. Edgar Wilson gira o mostruário com mapas rodoviários de poucos anos atrás, abre um deles sobre o capô da caminhonete e assim compara seu mapa atual com aquele mais antigo. Cauteloso, ele compara as linhas antes e depois da rodovia e os vilarejos e pequenos municípios das circunvizinhanças.

— Eles apagaram os vilarejos dos novos mapas — diz Edgar Wilson em voz alta.

Bronco Gil aproxima-se caminhando devagar.

— Dá uma olhada nisso — diz Edgar comparando os dois mapas. — Tá vendo? Eles não atualizaram os mapas com os vilarejos que agora estão destruindo. Estão varrendo essas pessoas da face da terra — conclui Edgar Wilson.

— Primeiro apagam do mapa e depois eles destroem tudo — conclui Tomás aproximando-se dos dois.

Ele acende seu charuto e apoia-se contra a caminhonete.

— Foi tudo planejado há anos — comenta Bronco Gil.

— Eu diria há séculos — completa Tomás.

Edgar Wilson pega a pistola da bomba de combustível e verifica que ainda há gasolina. Enche o tanque da caminhonete e ainda completa dois galões vazios que carrega na caçamba.

— Eu vi dois carros se chocarem e não havia ninguém dentro deles — diz Bronco Gil. — Exatamente como nas profecias bíblicas.

— É o arrebatamento, Bronco — fala Tomás. — Certamente isso não está acontecendo só aqui. Não imaginei que o fim do mundo seria assim... os homens declararam guerra aos céus.

Tomás gira sobre os calcanhares enquanto olha para o céu com nuvens carregadas que impedem qualquer azul de resplandecer ou um raio de sol de iluminar os caminhos dos homens de guerra que caminham sobre a terra.

— Deus está separando os seus homens para esta guerra. Nós fomos deixados para lutar, por isso não fomos contaminados — conclui Tomás.

De volta à estrada, sob as coordenadas do antigo mapa rodoviário, Edgar Wilson chega até o vilarejo. Ainda na entrada, sob o arco de madeira de boas-vindas, ele estaciona a caminhonete. Os três homens descem e seguem para dentro do vilarejo. Sem marcas de destruição, sem sinal de fogo ou qualquer indício da passagem dos militares executores, eles entram numa espécie de mercearia cujas portas estão abertas. Sobre o balcão, um bule de café ainda morno. As xícaras sobre pires amarelados estão com café pela metade. Um pedaço de pão mordido descansa ressecado num prato.

Eles chamam e batem palmas. Não há resposta. Cautelosos, seguem para o interior da mercearia e não encontram ninguém. Dividem-se e caminham pelo vilarejo, em busca de quem possa falar com eles. As casas, construídas uma ao lado da outra, estão silenciosas. Edgar Wilson atravessa uma delas e vai até a cozinha, onde há uma grande panela cozinhando batatas. A água da fervura já está quase no fim. Ele apaga o fogo e vasculha todos os cômodos. Só resta o vestígio, a sensação de que até há pouco havia pessoas ali. A vibração da existência ainda é latente no ar, mas o silêncio derruba qualquer esperança de que ali ainda haja vida.

Do lado de fora, na rua, encontra Tomás e Bronco Gil.

Cada um com experiências semelhantes. Cada ambiente visitado evoca uma existência recente, como se todos tivessem desaparecido abruptamente. Arrebatados para outra existência, sem ao menos terem tido tempo de apagar o fogo ou fechar a torneira da pia.

— Esse lugar não faz sentido — comenta Tomás.

— Nada tem feito sentido nas últimas semanas — completa Bronco Gil.

— Devem ter sido levados para serem executados em outro lugar — diz Edgar Wilson.

— Talvez... é possível — fala Tomás. — Mas por que não executar todo mundo aqui mesmo como fizeram no outro vilarejo?

— Deveriam querer o local intacto... talvez tenha algo aqui que eles queiram preservar — retruca Bronco Gil.

Edgar Wilson, depois de dar uns passos de um lado a outro, observando o horizonte enquanto fuma um cigarro, conclui:

— Precisamos nos esconder. Lá vem o jipe com o capitão.

As botas contra o chão empoeirado do vilarejo soam ainda distantes, e, conforme se aproximam, a aceleração cardíaca dificulta a respiração e deixa mais tenso o dedo contra o gatilho das armas. Bronco Gil, Edgar Wilson e Tomás estão escondidos, deitados no telhado de uma das casas, protegidos por uma mureta de setenta centímetros de altura. Do alto, qualquer ação dos homens lá embaixo pode ser avistada e, numa possível investida, uma resposta retaliativa é rápida.

Os militares que acompanham o capitão entram nas casas com as armas em riste. Metem os pés nas portas, abrem-nas furiosamente. Uma caminhonete do Exército com alguns soldados carregados de gasolina e dois incineradores estaciona ao lado do jipe do capitão. Eles aguardam por ordens. O capitão, parado no meio de uma das ruas do vilarejo, tem uma expressão incrédula e coça a cabeça enquanto desliza os dedos pelo cabelo. A temperatura está mais baixa com prenúncio de tempestades até o anoitecer.

— Algum relato de para onde foram? — questiona o capitão para o sargento que o acompanha.

— Não, capitão. Eles seriam pegos de surpresa — retruca o sargento.

— Onde essa gente se meteu? — pergunta o capitão.

— Não sei, senhor, mas vamos averiguar. Seria preciso um comboio pra levar toda essa gente daqui — conclui o sargento.

— Eu quero que descubra pra onde eles foram — diz o capitão, que suspende a mão e faz sinal positivo para que os soldados ateiem fogo no vilarejo.

Ainda protegidos no telhado de uma das casas, Edgar, Bronco e Tomás descem quando o jipe do capitão e a caminhonete do Exército dão a partida. Observam a destruição e o fogo que sobe aos céus; a direção do fogo é diferente da de Sodoma e Gomorra. Os três homens sobem na caminhonete e vão embora dali decididos a pegar a estrada de volta para casa.

Cobertos por fuligem e com o cheiro da fumaça nas narinas, eles respiram o ar frio do fim de tarde, embalados pelo balanço da caminhonete em movimento.

— Pra onde você acha que eles foram, Tomás? — pergunta Edgar Wilson.

— Não sei, Edgar. Mas escaparam da destruição. Talvez tenham sido avisados.

— Por anjos, assim como Ló... — murmura Edgar Wilson.

— Quem vai saber, Edgar? No relato bíblico somente um homem foi avisado, mas aqui todos se salvaram — diz Tomás.

— Eles devem ter acreditado — desperta Bronco Gil, que estava quieto até o momento. — Foram alertados e acreditaram. Deve ter sido isso.

— Talvez a gente nunca saiba o que realmente aconteceu com eles — conclui Tomás segurando-se no painel da caminhonete quando Edgar Wilson freia bruscamente. Edgar engata a ré e volta alguns metros até parar numa placa de sinalização.

— O que foi? — questiona Tomás.

Edgar Wilson verifica as horas no relógio de pulso e fala pelo rádio comunicador com a Central.

— Alguém na Central?

Edgar Wilson espera por alguns segundos. Não há resposta.

— Edgar Wilson da unidade quinze zero oito falando. Alguém na escuta?

Um chiado do outro lado. Sem resposta.

Edgar Wilson desce e observa a placa com atenção. Os outros dois descem e param a seu lado, aguardando alguma explicação.

— Essa placa é nova — diz Edgar Wilson.

Bronco Gil e Tomás observam a placa. Edgar Wilson se debruça sobre o painel da caminhonete, apanha o mapa rodoviário e abre-o sobre o capô. Com a ponta do dedo ele indica a região em que estão.

— Essa placa tá no lugar errado — afirma Edgar Wilson. — Está pelo menos uns sessenta quilômetros no lugar errado.

Tomás puxa o mapa rodoviário novo do bolso e compara com o antigo.

— Que... como... mas por que... — balbucia Bronco Gil confuso.

— Se essa placa estava a sessenta quilômetros daqui, então isso indica que...

— Que estamos completamente perdidos — conclui Edgar.

— Podem me explicar o que tá acontecendo? — questiona Bronco Gil.

— A sinalização mudou porque a estrada mudou porque toda a região mudou — diz Tomás.

— A terra está se redimensionando — diz Edgar Wilson.

— Não sabemos mais onde estamos.

O chiado do rádio comunicador quebra a tensão. Edgar Wilson estica o braço para pegá-lo e atende.

— Edgar Wilson da unidade quinze zero oito falando.

— Aqui é da Central. Não temos uma unidade quinze zero oito.

— Deve ter algum engano. Posso falar com a Nete?

— Não tem nenhuma Nete aqui.

Edgar Wilson desliga o rádio comunicador. Sente-se abatido e nauseado. Recosta-se na caminhonete.

— Que porra tá acontecendo? — murmura Edgar para si mesmo.

Edgar sobe no teto da caminhonete segurando um binóculo. Ele olha ao longe na tentativa de encontrar alguma explicação. O que vê o incomoda. Ele desce e entra na caminhonete, seguido pelos outros. Edgar manobra o veículo e avança até aproximar-se daquilo que viu.

Ele e seus companheiros permanecem alguns instantes observando o que há adiante. Edgar é o primeiro a descer.

Caminha cauteloso sem olhar para trás. Tomás e Bronco Gil seguem seus passos, e assim os três homens rodeiam o jipe do capitão capotado à beira da estrada. Forçam as portas do veículo e conseguem retirar os quatro homens de dentro dele. Estendem-nos no asfalto. O capitão é o único que ainda respira.

Tomás, inclinado sobre o capitão, verifica sua pulsação mais uma vez.

— Ele está vivo, mas o pulso está fraco — diz Tomás.

Edgar Wilson alinha os três corpos, um ao lado do outro, no acostamento da estrada. Bronco Gil apanha um galão vazio caído no jipe capotado, abre o recipiente de combustível do veículo, e com uma mangueira de borracha trazida na caçamba da caminhonete de Edgar Wilson enche o galão. Cada homem na sua função; os que cuidam dos mortos, os que cuidam dos vivos e os que se dedicam às questões bélicas.

Depois de encher o galão com o que ainda havia no tanque de combustível, Bronco Gil recolhe as armas e as munições que estão no jipe. Edgar Wilson já cuidou de desarmar os cadáveres e assim, parado no meio da estrada, ele observa as marcas de pneus no asfalto que indicam a presença de outro veículo. Um passo depois do outro, Edgar Wilson, com o cigarro aceso no canto da boca, refaz os últimos trajetos do veículo que acredita ter se envolvido no acidente. Ele chega até um precipício, encoberto pelo mato alto, à margem da estrada, e que se afunila entre árvores ondulosas e vegetação densa.

Encontra, caída lá embaixo, a caminhonete do Exército que minutos atrás viu no vilarejo e que acompanhava o jipe militar. Impossível descer até o local. Talvez haja sobreviventes, talvez haja apenas mortos, mas isso já não importa, porque não há como alcançá-los.

Ao longe, no horizonte que delimita céu e terra, é possível ver a noite se aproximar. É um anoitecer violento, com camadas espessas de uma noite precipitada. Ainda não deveria acontecer, a luz do dia ainda haveria de iluminar seus passos e guiar seus caminhos.

Edgar Wilson olha para trás, sobre o ombro, e, antes que possa chamar a atenção de seus companheiros para o que vem do horizonte, percebe que Tomás fala com o capitão estendido sobre o asfalto. Pode estar apenas lhe dando a extrema-unção, mas pela sua expressão parece ser outra coisa. Edgar acelera os passos ao notar que o capitão abriu os olhos e, com sangue escorrendo da boca, balbucia algumas palavras. Bronco Gil está de pé observando de perto o que o homem moribundo diz. Inclina-se lentamente sobre o corpo do capitão para ouvi-lo melhor. Edgar é o terceiro homem a estar velando os últimos suspiros desse quase morto. O capitão murmura palavras ouvidas por Tomás e Bronco, mas Edgar está distante e não pode escutá-las, muito menos quando entrecortadas com o leve uivo do vento que vez ou outra suspira em seus ouvidos. Tomás, por fim, faz o sinal da cruz na testa do capitão e baixa as pálpebras de seus olhos petrificados. Os três homens vivos se erguem e permanecem olhando para o corpo a seus pés.

— Você ouviu o que ele disse, Bronco? — pergunta Tomás sem tirar os olhos do corpo.

— Ouvi, padre.

Ficam em silêncio por alguns instantes. Edgar Wilson termina seu cigarro e atira-o longe.

— Foi exatamente o que o piloto do monomotor disse antes de morrer — fala Bronco Gil.

— As portas do céu e do inferno estão se abrindo. Tudo

o que está no meio será destruído. Esse é o fim e o começo — diz Edgar Wilson.

Tomás e Bronco Gil olham para Edgar Wilson, que detém o olhar estático ao longe mirando o horizonte. Não proferem nenhuma palavra e guardam para si a perplexidade ao entenderem que estão unidos numa conjunção de fatores inexplicáveis.

O vento começa a soprar com vigor, trazendo para perto deles uma espécie de tempestade de areia que encobre o sol e a razão; que oculta qualquer sentimento de esperança.

A luz do dia começa a cair rapidamente. É a escuridão que se aproxima e não um anoitecer uniforme e lento. É como se a terra estivesse sendo engolida, devorada afoitamente, indo parar nos abismos de um deus, nas entranhas de onde tudo se originou.

No princípio, havia a escuridão. Talvez, no fim, também haja somente isso.

ESTA OBRA FOI COMPOSTA PELA SPRESS EM MERIDIEN E IMPRESSA EM OFSETE
PELA GRÁFICA PAYM SOBRE PAPEL PÓLEN BOLD DA SUZANO S.A.
PARA A EDITORA SCHWARCZ EM AGOSTO DE 2021

A marca FSC® é a garantia de que a madeira utilizada na fabricação do papel deste livro provém de florestas que foram gerenciadas de maneira ambientalmente correta, socialmente justa e economicamente viável, além de outras fontes de origem controlada.